扉の向う側

ヤマザキマリ

マガジンハウス

扉の向う側＊目次

装画・挿画　ヤマザキマリ
ブックデザイン　鈴木成一デザイン室

扉の向う側

カメオとフィレンツェ

店の名前は「クァリア・エ・フォルテ」。直訳すると『鶉《うずら》と強さ』という意味になるが、要は「鶉氏」と「強さ氏」という二つの苗字を組み合わせたものだ。フィレンツェ市内の観光名所の一つにポンテ・ヴェッキオという、両脇に小さな貴金属店がびっしりと建ち並んだ古い橋があるが、この店は、その橋からピッティ宮殿に向かって続くグイチャルディーニ通りにあった。私が普段通っていたアカデミア美術学院のヌードデッサン科への通学路で、週に何度も歩いている通りだが、そんな店があることには全く気がつかなかった。

ポンテ・ヴェッキオに建ち並ぶ店々の、眩《まばゆ》い光を放つ絢爛《けんらん》豪華なウィンドウは、常

にそこを行き交う人々の視線を引き寄せていたが、しがない貧乏学生だった私はこのフィレンツェ屈指の観光名所である橋を、いつも脇目も振らずに渡っていた。そして、その日もいつもと同じように、丸めたデッサン用紙の筒を抱えて、授業に遅れまいと急ぎ足で学校へ向かっているところだった。ところが、通り沿いに並んだ店のガラス窓の向こうで、ひとりの老人が懸命に何かを彫っている姿が、不意に視界に入り込んできた。然程《さほど》大きくもなければ新しく改装されたふうでもない、謙虚で地味な佇《たたず》まいのその店の存在に気がついたのは、アカデミアに通うようになってその時が初めてだった。店の枠の上にはネオレアリズムの映画に出てくるような、古めかしい看板もあるにはあったが、そちらの方向に頭を上げたついでもなければ誰も気づかないくらい、控えめな仕様なので全く目立たない。というより、目立たせようという意図が無い。

私はふと足を止め、店のウィンドウに近づいた。ウィンドウにはベージュのサテン生地がなだらかな波を模したように敷かれており、その上に、まるで浜に打ち上げられた貝殻のようなものが並べられている。それらは大小様々な形と色のカメオだった。脇には、原型となる大きな貝そのものに直接ギリシャ・ローマ神話のモチーフを彫った立派なランプも二つほど展示してあった。カメオの他にも、地中海で採れる赤珊瑚《さんご》をあしらった彫金細工が並べられており、どれもとても品があって美しい。

中で作業をしていた老人は、店の前でじっと佇んでいる私を一瞥すると、そのまま立ち上がって扉の鍵を回し、「もっと近くでご覧なさい」とにこやかな表情で声をかけてくれた。こんな見窄《みすぼ》らしいなりの若い外国人の画学生を、無防備に宝石を扱う店の中へ誘ってくれるなんて、という戸惑いを覚えるも、老人の笑顔に引き込まれるようにそのお店の中へ足を踏み入れた。店の奥で椅子に座ってレースを編んでいた白髪の夫人にも挨拶をすると、彼女は優しく微笑みながら「あなたはどこの国から来たの？」と問いかけてきた。その時彼女は、客で有り得るはずもない私に対して、イタリア語の敬語である「Lei」を用いた。よそよそしくはあるが、あなた、よりもずっと敬いの意識が込められた人称で、私はそれまで誰かから「Lei」などと呼ばれたことはなかった。私はスッと背筋を伸ばし、できる限り丁寧な口調で「日本人です。アカデミアの留学生です」とやっと言葉を返した。

「日本からだって？」と老人がびっくりしたような声を上げた。「このお嬢さんはそんな遠くから、はるばるイタリアまで絵の勉強に来ているのか。大したものだね」と瓶底のような眼鏡のレンズの中の目をくしゃくしゃにして微笑んでいる。イタリアに来てから初めて褒め言葉をかけてもらえたことで、私も照れ笑いを隠せなかった。

老人はカメオ職人のフォルテさんで、その店の創業者のひとりだった。もうひとりの主人であったクァリアさんは既に3年前に他界していたが、ふたりともナポリ近郊にあるトッレ・デル・グレーコというカメオの名産地から、終戦直後のフィレンツェにやってきて、その店を開いたのだという。

「お嬢さん、ご覧なさい。うちの店にあるのはね、全て地中海が生んだ素材でできているんですよ。何世紀も、何十世紀もむかしから、地中海の人々に愛され続けてきたのと同じものを今も作っているんです、素晴らしいでしょう?」

そう言いながら、手に握れる太さの木の棒と、その先に鑞《ろう》で留められた薄茶色の楕円形に切り取られた貝を見せてくれた。貝の白い突起部分には優しい微笑みを口元にたたえた美しい女性が彫刻のように浮き彫りになっている。カメオというものを初めて見た、と伝えると「この手法も古代のままなんですよ」とフォルテさんは誇らし気に、だけどとても丁重な言葉づかいで私に伝えた。

「窓越しにデッサン紙の筒を持ったあなたが見えてね。絵を学んでいることはすぐにわかりました。私も職人ですけどね、古代の美を追求するフィレンツェという街に移り住んだという意味ではあなたと同じ仲間です」

フィレンツェに移り住んだ表現者というその言葉は、絵という先の見えない道を選び、苦悩し続けていた私を暖かく包み込んでくれた。皺《しわ》に刻まれた夫婦の穏やかな顔を見ていると、今は大変でもその向こうがある、と思える気持ちが芽生えてきた。

フォルテさん夫妻があまりに親切で、その後も学校へ向かうたびにガラスの窓越しに挨拶をしていたら、日本からのお客も増えてきたので時々でいいからと、その店でのアルバイトを頼まれることになった。おそらく、当時の私の経済的な苦しさを察していたのかもしれないが、あくまで日本語ができること、そして美術史の知識をそこでも活かせるから、というのが理由だった。カメオという芸術嗜《し》好《こう》の宝飾品を扱えたことが、その後の私の古代ローマに対する興味を発芽させた理由であることは間違いない。

煌《きら》びやかなポンテ・ヴェッキオを渡ってその通りに差し掛かり、この店の、夫人の手がける、柔らかな波のようなシルクが敷き詰められたウィンドウを目にすると、観光客の中に「橋の上で眩《まぶ》しく輝いている石やゴールドを幾つも見たあとに、古代時代のカメオや珊瑚の細工を見るとほっとします」という心境になる人もいたようだ。仮にこの店がルネサンスの繁栄時代に存在していたとしても、おそらく入ってくる客の中には同じような言葉を口にしていた人がいただろう。そこにフォルテさんが「カメオは地中海の恩恵と、我々職人の技が一体化した、古代から続く唯一無二の宝であり、芸術作品ですからね」と得意の決め台詞《ぜりふ》を言うと、お客はそのとたん手に取ったカメオからもう意識を逸《そ》らせなくなってしまうのである。

「クァリア・エ・フォルテ」のカメオはフォルテさんが亡くなってしまったあとはもちろん生産されていない。一体どれだけの数の人がこの人たちの掘ったカメオを手にしたのかは知らないが、世界中の人々の手もとにあることは確かだ。先日も母の遺品を整理していたら、貴金属を入れたケースの中からフォルテ氏の掘ったカメオが現れた。キラキラした輝石を嫌う母だったが、写真を見るとこのカメオのブローチに関してはどうやらヘビーユーズしていたようだ。

今はもう記憶の中でしか訪れることのできなくなってしまったこの店との出会いも、今の私を作ったとても大切な要素の一つだったと確信している。

イタリア人のおしゃれ意識

今から20年前、フィレンツェでの11年間に及ぶ生活にいったん終止符を打ち、2歳の息子を連れてふたりで日本に戻ったあと、大学でイタリア語を教えたり、テレビで旅のリポーターをしたり、とにかく自分にできそうな仕事でさえあれば何でもやっていた時期がある。子供を自分ひとりの力で育てようと決めたからには、どんなことでも挑戦する意気込みでいたのだが、当時の日本は、イタリアの文化と言語を知っていることがあちらこちらで重宝する時期だった。イタリア語教室を立ち上げたこともあるし、マンションやレストランにつけるイタリア語の名前を選んだこともある。イタリアからペットボトルリサイクルの工場機器が導入されればイタリア人エンジニアの通訳もした。とにかくイタリアと名の付く仕事であれば幅広く手がけていたが、日々髪を振り乱しながら仕事と子育てに一心になっていた当時の私の有様といえば、一般の人が想像するようなイタリア帰り的雰囲気からはほど遠かった。

当時私は友人から譲り受けた中古のカローラに乗っていたが、ある日、移動先へ行くのに知り合いを途中で拾うことになり、指定されたビルの正面玄関に車を寄せた。しかし、そこに佇んで通りを眺めている友人は目の前に停められた私の車を見ようともしない。窓を開けて名前を呼ぶとやっと、私に気がついて助手席に乗り込んで来た

ELEGANZA ITALIANA

イタリア人のおしゃれ意識

という。

友人曰《いわ》く、てっきり赤いアルファロメオでも迎えに来るものだと思い込んでいたが、「勘弁してくださいよ、私が赤いアルファロメオなんて乗ると思いますか？」と問い質《ただ》すと「でもイタリア帰りっていったら、普通はアルファロメオじゃないですか」と心外そうな顔をしている。「周りのイタリア好きは赤いアルファロメオっすよ、さすがにフェラーリは買えないから」と笑った。イタリア関係の仕事をしている＝赤いアルファロメオ、服はアルマーニ、鞄はグッチ、靴はフェラガモというような表層的なイメージは、思っていたよりも根深く、そして幅広く日本で浸透していることに、私は激しく戸惑った。

おしゃれに頓着が無かったわけではない。フィレンツェに暮らしていた時はブランドの衣料品のセレクトショップで働いていたこともあるし、ファッション誌のグラビア写真を眺めるのも大好きだった。日本から訪れる貿易商の通訳の仕事で、フィレンツェのトルナヴォーニ通りに並ぶ高級ブランド店への出入りも頻繁だった。だから流行については意図せず敏感になっていったというのはある。ただ、私のそうしたファッションへの好奇心はあくまで百科事典的知識としてあるだけで、購買欲とは全く繋《つな》がってはいない。

ファッションだけではない。それ以外の側面であっても、日本におけるイタリアの表層的なイメージの横行には未だに違和感を覚えるところはある。イタリアといえば燦々《さんさん》と溢《あふ》れる太陽の日差しに、明るくて陽気で人情味溢れる人々。お昼には大きなテーブルを家族で囲んでワインを飲みながら盛大な昼食をとり、その後は優雅に昼寝。仕事よりも家族との時間を優先する生活大国。「いいなあ、イタリア暮らし。ご飯は美味しいし、皆おしゃれだし、明るくて、憧れるなあ」などと呟《つぶや》かれたりすると、脳内アドレナリンの分泌が止まらなくなってしまうことがある。そんな夢の世界の住民のようなイタリア人は、フィレンツェ時代も、そしてイタリア人の家族を持つ現在も、私の周りには存在しないからだ。服装だって、皆がファッションに興味があるわけではない。男性は(日本でもそうだと思うが)身につけるものは服でも靴でもたいていは妻が選んだものになっていく。

とはいえ、イタリア人には根本的に、DNAレベルで色彩に対する審美眼が備わっているようには思う。どんな田舎へ行っても、そのへんを歩いていたり、公園にたむろする親父たちは身につけているものなど全く頓着していないようで、何気に良い配色のコーディネートだったりする。

でも、日本の男性ファッション誌で紹介されているようなスタイリッシュなイタリア男性は、そうどこにでも当たり前に生息しているわけではない。私の暮らしているパドヴァでも、たまに日本の雑誌がイタリア人の中年男性モデルを使って紹介しているような、力の入った服装で外を歩いている人を見かけることがあるけれど、そんな出《い》で立ちの男性が通り過ぎれば周りの誰もが一目置き、家族との食事の際のネタにされること必至である。うちの親族であれば「そもそもあの装い一式を揃えるのにお金はどれくらい掛かるのだろう、散財癖がありそうだが、ああいう男性はいい夫になれるのだろうか」というような無粋な会話に発展していくことは確定だ。

フィレンツェでの学生時代、地元の貴族の血を引く家柄の友人がいた。しかし、彼女も、そして彼女の母親も見た目は至極シンプルで、ブランド品どころか、イタリアのマダムの象徴ともいえる貴金属も殆《ほと》んど身につけていない。乗っている車も年季の入ったポンコツのフィアットだったし、身につけているものに至ってはたいてい色の褪《あ》せたジーンズにシャツ、ブランド品でもなんでもないシンプルなスニーカーが定番だった。彼女たち親子は、要するに、内側から溢れるそこはかとない知性と気品だけで十分に優美だった。

この親子が一度日本へ遊びに来た時、私の母に世話になったお礼としてエミリオ・プッチの華やかな柄の大判ストールを贈ったことがあった。それを見た母が思わず「まあ、こんなに素敵なスカーフ、私みたいな年寄りには勿体無い！」と感嘆の声を漏らすと、友人の母親は「違います。こういうものは私たちくらいの年齢になってからが映えるんです。勿体無いのは、こういうものを何もわかっていない若い人が持つことですよ」と言って微笑んだ。母はその夫人の言葉に痛く感銘を受け、高齢になってもずっとそのストールを愛用し続けていた。

私が知っているイタリア人のおしゃれとは、そういうものである。

乗り物の中での出会い

乗り物の中で何気なく知り合った人が、自分の人生に思いもよらない展開をもたらすことがある。私の今までの人生においても、不思議なご縁というべき乗り物の中での出会いが何度かあった。何よりまず今自分がこうしてイタリアに暮らしているのも、35年前にブリュッセルからパリへ向かう列車の中で知り合ったイタリア人の老人がきっかけである。

当時の私は14歳で、1ヶ月を掛けてフランスとドイツをひとり旅している最中だった。各地域に暮らす母の友人宅を訪ねるのが目的だったので、ひとりだけになるのは移動の間と、日本へ帰国する前の3日間のパリ滞在のみである。とはいえ、旅人が知らない土地で最も緊張するのはやはり長距離の乗り物を使う時だろう。北ドイツの街からパリへ向かうのにブリュッセルの中央駅で降り立った私の表情には、心細さが露《あら》わになっていたに違いなかった。そのせいなのだろう、乗り込んだ列車の中で声をかけてきたそのイタリア人の老人は、私のことを完全に家出娘だと決めつけていた。ホームで私を見かけてから、誰かに連れ去られやしないかとずっと気にかけていたという。私にしてみれば、その老人こそが怪しい人物だったが、とりあえず彼に自分の旅の意図と、ルーブル美術館を見てから帰るのだとたどたどしい英語で告げると、その表情には一気に不満が広がった。そして強めの口調で「西洋美術に興味があるのならなぜイタリアへ来なかったのだ、1ヶ月も期間がありながら」と言い、「そもそも、全ての道はローマに通ずという言葉を知らんのか」と繋げて大袈裟《おおげさ》な溜《た》め息をついて見せた。

その数日後、無事に帰国を果たした私は、日本に着いたという知らせを「お前の母親から送ってもらいたい」という老人のリクエスト通り、母から彼宛に、ご心配をおかけしましたという旨の簡単な英文の手紙を送ってもらった。間もなくして老人からも返信が届いたが、なぜかその手紙のやりとりを機に母と彼はペンフレンドになっていた。

マルコというその老人は北イタリアで陶芸工場を営み、自身も陶芸家であるということがわかった。おまけにバイオリンも嗜《たしな》み、戦争中インドで捕虜になっていた時は仲間を集めてオーケストラを編成していた過去などが手紙に長々と綴《つづ》られていた。それが老人と同じく戦争体験者で音楽という表現を生業としている母の好奇心をくすぐったらしい。

高校生になって間もなく、進路の先生に「絵は趣味にするべきだ」と強く説得されるようになった頃、母から学校を休んで一度イタリアへ行ってみたらどうかと促され、私はなんとなくその言葉に乗ってイタリアへ向かった。私に学校を辞めてイタリアへ留学するよう提言したのはマルコだった。イタ

リアへ到着した私はとりあえずマルコの暮らす街へ移り、その後地元の画塾に少し通ったあと、彼の勧めでフィレンツェの美術学校へ入ることになった。

フィレンツェに移ってからは電車賃もままならない困窮生活が始まり、マルコともすっかり疎遠になってしまったが、母との交友は彼が亡くなるまで続いた。そしてそのだいぶあとになってから母の紹介で私はマルコの孫と知り合い、結婚することになった。

その1年後、私たちは夫の留学先だったエジプトのカイロで結婚式をあげ、シリアのダマスカスに移り住み、その後はポルトガルのリスボンに家を買って暮らしていたが、急遽《きゅうきょ》シカゴ大学で博士号を取ることが決まった夫は私たちをリスボンに残して単身で渡米することになった。彼の母親がフランスからイタリアへの飛行機移動の最中

に、隣に座った米国人の女性と仲良くなり、このシカゴで教師をしている女性の強い薦めで夫は幾つかの候補先からシカゴ大学を選ぶことになったのである。その2年後には私と息子もシカゴに移動して3年間を過ごすのだが、息子は結局地元の高校を卒業後もアメリカを離れず、ハワイの大学に進学した。全ては、義母が飛行機でシカゴの女性と出会っていなければあり得なかった顚末《てんまつ》である。

こんなこともあった。

フィレンツェでの留学中、日本からイタリアへ戻る飛行機で隣に座った日本人の夫妻と親しくなり、日本に滞在している間に何度かお会いしたこともあったが、貧乏暇なしの慌ただしい生活に振り回されているうちに、いつしか彼らとの連絡も途絶えてしまった。それから20年以上の月日が経って私は漫画家になり、イタリアで自分の作品が翻訳されたのを機にルッカという街で開催された漫画の祭典に出かけることとなった。会場で、音信不通になっていた夫妻と20年ぶりに再会したのである。この祭典にメインゲストとして呼ばれていたのが漫画家の谷口ジローさんだったのだが、この夫妻のご主人は私と飛行機で知り合った頃、谷口さんの『坊ちゃんの時代』という本の編集者だった。ふたりとの再会を機に私は谷口ジローさんとも親しくなり、日本への帰国時にはご一緒する機会が何度もあった。日本で漫画の実写映画化にともなうトラブルに疲れて漫画を辞めたくなった時も、谷口さんが静かに励ましてくださったことで、私は今でも漫画を描き続けることができている。残念ながら数年前に谷口さんはお亡くなりになったが、ルッカであのご夫妻と再会することが無かったら、私が谷口さんとお友達になることもなかったかもしれない。

その他にも乗り物で出会った人との忘れ難いエピソードはたくさんあるが、今はむかしと違って、長距離移動の飛行機にも各座席に映画を視聴できるスクリーンが付くようになったし、持参の書籍やら電子機器でいくらでも時間潰しができるから、わざわざ隣や前に座っている人と言葉を交わすなんてことも殆ど無くなってしまった。でも、完全な偶然の中で知り合う他人というのもまた、見知らぬ土地への旅と同じく、自分の人生観や生き方を変えるかもしれない要素を持った、未知の壮大な世界そのものなのだということを、自分の人生を振り返ると痛感させられるのである。

アルノの川辺裏のキリギリス

フィレンツェのアカデミアに通っていた頃、授業が終わると、市街地に溢れる観光客たちを避けるために、遠回りをしてアルノ川沿いの道を通って家へ戻るようにしていた。日本はちょうどバブルの最中だったが、フィレンツェという街には日本人の団体客をはじめ各国からの観光客が絶えることはなく、寒くても暑くても、年中どんな時期にも、世界中から華々しいルネサンスの軌跡を求めて集まった人々で賑わっていた。数日間という限定な期間内で、ガイドブックに書かれた名所を時間の許す限り観て行こうという意気込みに満ち、浮き足立つ楽しげな旅人の中を縫うように歩いていると、ふと、どうして自分はこんな観光地に暮らしているのだろう、という疑問が芽生えることがあった。

家族や知人の勧めで、本格的な絵画の勉強をするならここしかないだろうとフィレンツェに移ってきたのは17歳の時だったが、それから数年間は日本に戻りもせず、自分のＤＮＡとは一切拘《かか》わりの無いこの街に馴染むために、とにかく必死に日々を過ごしていた。フィレンツェという街の良い所だけを観る観光客のように楽しい思い出だけを胸に残して自分の国に帰ることがもう許されないという自覚が、とても重たかった。

その日はそれまで続いていたじりじりとした夏の日差しがやっと和らぎ、見上げた空は、私が幼少期を過ごした北海道を彷彿《ほうふつ》とさせるような、どこまでも遠く透明感のある青さで、高いところにうっすらとだけ掛かった鱗雲《うろこぐも》が僅かに秋の気配を仄《ほの》めかしていた。

緑色にうねる穏やかな川の流れを視界の端に留めていると、そのまま真っ直ぐ家に帰るのが勿体無いという気持ちになった。かつてその界隈《かいわい》に暮らしていたとされる、ボッティチェリとその家族が埋葬されているオニサンティ教会のファサードを向かい側に望む川辺裏で、釣りをしている親子が目に入った。街全体が人の目にさらされる見世物といっていいフィレンツェの街中で、そんなふうに生活感を漂わせている人の姿がなんとなく嬉しかったし、ほっとした。

川伝いの塀の向こうから耳に馴染みのある音が聴こえてきた。岸辺の草の茂みのどこかにキリギリスが潜んでいて、元気よく羽を鳴らしている。それはイタリアにやってきてから聞いた、初めてのキリギリスの羽音だった。私は塀から下を覗《のぞ》き込んで、その元気な羽音が響いてくる方向を凝視した。もちろん、そこからキリギリスの姿が見えるわけではないが、私はそんな自分の仕草も含めて、かつて北海道に暮らしていた頃、短い春から夏の期間を毎日虫探しに明け暮れ、時間さえあれば野原や森の中で過ごしていた子供時代を思い出していた。夫を亡くした母はオーケストラの団員で、家にいる時間はほんの僅かだった。夜遅くまで母の帰りを待つ私の寂しさを払拭してくれたのが虫の羽音だった。

フィレンツェに暮らし始めてから、この国の言語だけでなく美術や歴史を学習し、イタリア人の宗教観や倫理、そして彼らの習慣を学び、イタリア人が食べるものを毎日食べ、とにかく自分が異国人であるという意識の負担をなるべく軽減したくて懸命だった私は、アルノ川の縁で懐かしいキリギリスの羽音によって、全身を解《ほぐ》されたような心地になった。自分とは縁もゆかりもない土地に来てしまったという戸惑いや畏れを払いのけようと我武者羅《がむしゃら》になっていたところに、キリギリスは遠く離れた日本を呼び戻し、日々の緊張感と孤独感から救ってくれたような気がした。

その羽音は、まだフィレンツェの人々が感じ取ってはいない夏の終わりを告げていた。虫の音で季節の移り変わりを敏感に察知するのは、虫の存在が深く人々の生活や文化に関与してきた日本人の特徴なのかもしれない。私が不自然な恰好で塀の下を覗き込んでいるのが気になったのか、「どうしたの?」と通りすがりの夫人が声をかけてきた。言語が英語だったから、おそらく観光客だろう。「虫の羽音です」と答えると、その人はその言葉の意図を捉えられなかった不思議そうな表情で、一瞬私と同じように壁の向こうを覗き込んだあと、何も言わずにその場を立ち去って行った。

イタリア人である夫もやはり虫という生き物には特別な感情を持たないし、むしろ全くといっていいくらい関心がない。私が今でも昆虫図鑑などを熱心に見ていると「君は奇妙なものに関心があるんだね」と、寒気がするのか両腕をさする真似をする。イタリアでは秋の虫の羽音も日本人のように、キリギリスや松虫、鈴虫、などといった分類はできない。どれもこれも皆一様に「コオロギ」という固有名詞で片付けられてしまう。それぞれ微妙に音が違うからよく聞いてみて、とずいぶんいろんな人に耳を澄ましてもらおうと試みたが、相手にしてくれたのは小さな子供たちくらいだった。

そんなある日、夫が仕事の帰りに美しいガラス細工のようなイトトンボを道端で見つけたと言って持って帰ってきたことがあった。「君、好きなんでしょう、こういうの」と素っ気ないが、まだ生きているかのように見えるイトトンボを私の手のひらにのせると「よく見ると綺麗だね」と呟いた。ふとした時に、この国において終始異国人であり続ける私の育った国の感性を、土地の人が一瞬でも慮《おもんぱか》ってくれるのは、やはり嬉しいことでもある。

ウサギの煮込みとウプパの日々

近所に美味しい食堂があったり、夫の実家がそばにあることで、パドヴァで暮らすようになってからというもの、私は滅多に料理をしなくなってしまった。しかし先日ふと思い立って、フィレンツェに留学中同居人の学生に作り方を教えてもらったウサギの煮込みをこしらえてみることにした。料理といっても大して手がかかるわけでもなく、肉屋で調達してきたぶつ切りのウサギの肉をオリーブオイルとトマトと唐辛子で煮詰めるだけの簡単な一品だ。

もの凄《すご》く久しぶりに作ったわりに、そこそこ美味しく仕上がったウサギの煮込みは、夫とふたりであっという間に平らげてしまった。ウサギ1羽の半分しか肉を使わなかったから、ふたりで食べるには若干少な過ぎたかもしれない。肉汁と一緒に煮込まれたトマトのソースを、熱心にパンで拭っている夫の仕草を見ていると、むかし、私のウサギ料理を褒めてくれていた人たちの顔が記憶の中から浮かんできた。

「マリのウサギの煮込みは最高だよ」と、人前でも絶讃してくれていたのは、あの頃とても世話になっていたピエロ・サンティという高齢の作家と、彼のパートナーであるセルジオ・ミランダというアルゼンチン人の詩人のふたりだ。

このふたりはフィレンツェ市内のバルディ通りという古くて閑静な場所に〝ウプパ〟という画廊兼書店を営んでいた。営んでいた、といえるほどの事業を展開していたわけではなく、どちらかというとピエロの年金と、そこに集うフィレンツェの文化人たちからのささやかな寄付によってなんとか運営が維持できてきた文芸サロンという趣の集会所である。それでも出版元としてたくさんの書籍や図録も出していたし、小規模ではあっても絵画の展覧会も定期的に開いていた。私がここに出入りするようになった80年代はともかく、1960年代や70年代にはフィレンツェだけでなく、イタリア中の著名な文学者たちが立ち寄る文化交流機関としてそれなりの知名度もあった。ちなみに〝ウプパ〟とはフィレンツェのシンボルでもあったヤツガシラという鳥を意味していて、ノーベル文学賞作家でありピエロ・サンティの友人でもあった詩人エウジェーニオ・モンターレの「詩人を中傷する愉快な鳥」という詩に由来する。

私は当時一緒に暮らしていた詩人と、週に何度も、殆ど毎日と言っていいくらい、このウプパを訪れていた。ここへ来れば、豊富な知識や教養を蓄えることができたし、自分の考え方に対する彼らの辛辣な批判は、確実に次の創作への不可欠な栄要素になっていた。人生の甘いも辛いも経験し、捻《ひね》くれ、諦観し、謙虚だったりわがままだったりする選《よ》り取りみどりの年輩芸術家や文学者と一緒に集う時間は、大学のような教育機関よりも、私にとってずっと質感のある教養をもたらしてくれた。

たまに夜中まで論議が白熱すると、セルジオが誰ともなくそこに持ち寄る食材で簡単なパスタ料理を作って我々に振る舞ってくれるのだが、たいがいはコストの掛かっていないニンニクと鷹の爪とオリーブオイルであえてある、日本でいえば素うどんに近いようなものだった。しかし、このなんの飾り気もないパスタが沁《し》みるように美味しいのである。やはり誰かの差し入れのキアンティワインを素っ気ないガラスのコップに注いで皆に配り、それをちびちび飲みながら、夜中に食べるパスタの味は私の中に沁み込んでいる。誰もがお腹がぺこぺこになっても気がつかないくらい、ウプパで

は皆喋るのに忙しかったが、だからこそあのパスタの味はひとしお美味しく感じられたのかもしれない。

ウプパではいつもごちそうになってばかりだからと、私はある日ピエロとセルジオを家に呼んで、カラブリア出身の友達から教わったウサギの煮込みを作ったことがあった。ふたりは大袈裟なほど美味しいを連呼し、それから何度も、時には彼らの家で、時にはウプパで、私はこの煮込み料理を振る舞った。あんたは社会情勢のこともよく判っていないし、人間のこともよく判ってない。思想が無いから絵もつまらない、などと私の作品については散々な批判をしていたのに、ウサギの煮込みだけは〝世界一〟の称号をもらっていたのである。

それから時の経過とともに、ウプパに通っていた高齢者たちは様々な理由で徐々に姿を見せなくなり、ピエロも私が出会った5年後の冬に病気で亡くなった。ピエロの年金が唯一の収入源だったセルジオにはウプパをひとりで継続する力は無く、画廊は閉鎖し、皆で夜中にパスタや私の作ったウサギの煮込みを食べながら熱論を交わした空間も、あっという間に美容室か何かに姿を変えてしまった。精神的に強いダメージを被《かぶ》ったセルジオから、淋しさと生き辛さを吐露する電話を何度か受け、その度私はウサギの煮込みを作るからうちに来てほしい、と声をかけ続けたがそのうち連絡は途絶え、しばらくあとになってから、アルゼンチンへ帰ってしまったという噂を耳にした。

味覚がもたらす記憶は、時に文字や映像の記録よりも鮮明に再現されることがある。25年もの時を経て久々に作ったウサギの煮込みだったが、そこには自分から決して消し去ることのできない格別の思い出の味が、ピエロやセルジオたちの美味しそうな表情と一緒に、しっかりと沁み込んでいたのだった。

太ったマリア

キューバ島の最西端にマリア・ラ・ゴルダ（太ったマリア）という名称の海岸がある。ハバナ市から車で7時間、立派な車であればもっと少ない時間で辿《たど》り着けるのかもしれないが、当時のキューバには戦前戦後に製造されたアメリ

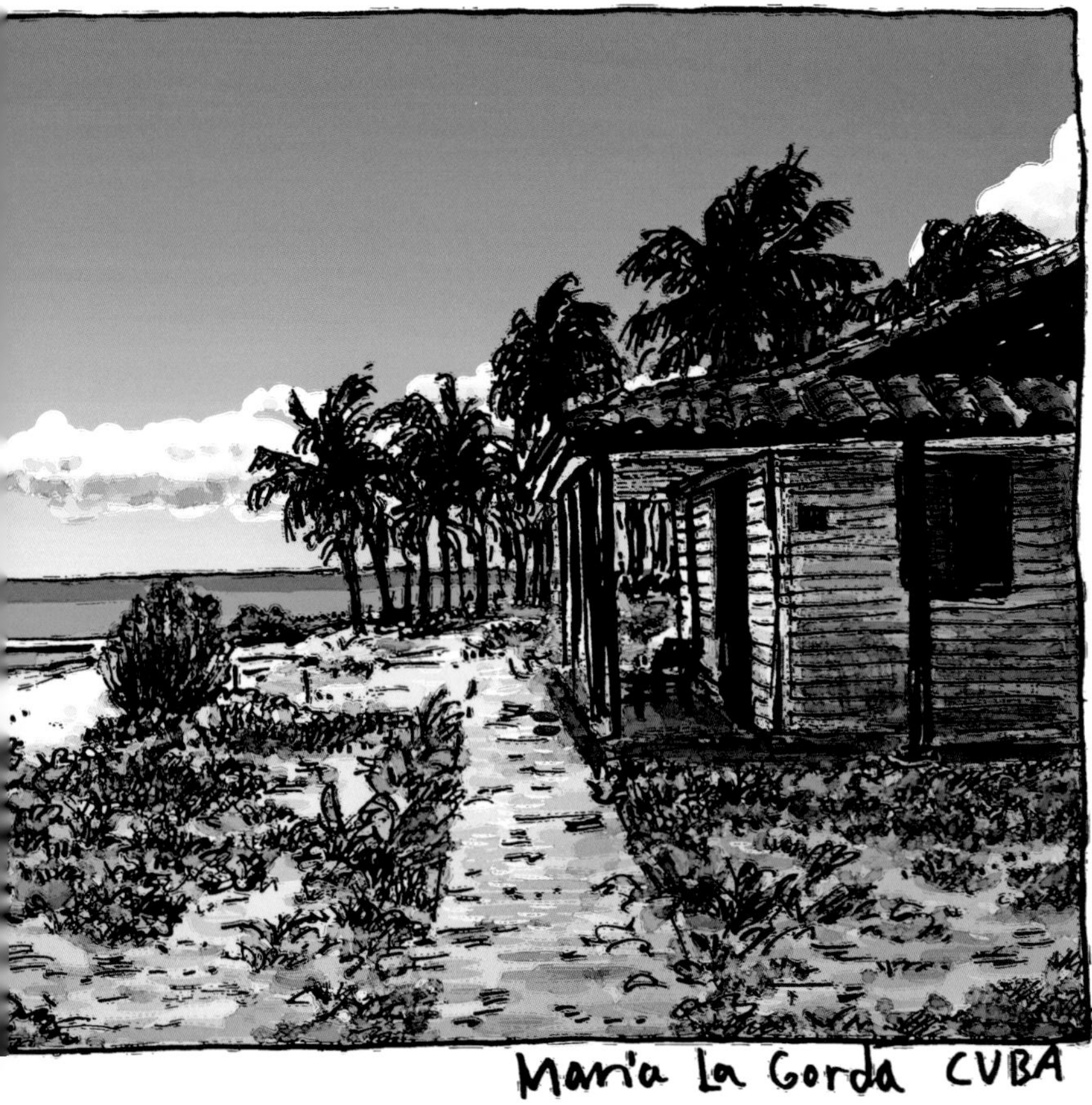

Maria La Gorda CUBA

カ車かソ連製のラーダくらいしかなく、私たちをこのマリア・ラ・ゴルダへ運んだ車も錆《さび》だらけのポンコツだった。

今から20年以上前、私は留学先のイタリアからボランティアのためにキューバのハバナにしばらく滞在し、社会主義体制崩壊の煽《あお》りによって激しい経済封鎖下におかれていたこの国で、サトウキビを刈ったり文房具を小学校で配ったりして過ごしていた。1ヶ月半ほど掛けてやるべきことに専念をしたあと、ボランティア仲間と、せっかくだからキューバを去る前に慰労会をしようという話になった。そんな私たちにホームステイ先の主《あるじ》が提案してくれたのが「太ったマリア」だった。

「太ったマリア」はかつてカリブの海賊の寄港地だった。この一風変わった土地の名前も、むかし海賊に略奪され、置き去りになった女性に由来しているのだという。外国の観光客が訪れることは滅多に無く、いたとしても沈没船目的の物好きのダイバー

のみ。主自身も一度も行ったことが無いという「太ったマリア」について得られた情報はたったそれだけだったが、私たちの気持ちを高揚させるには十分だった。

　早朝にハバナを出発し、散々迷いながら目的地に到着したのは日没直後だった。途中、サトウキビの束を運ぶ牛車に片手を掛け、ペダルを漕《こ》がずに自転車で移動していた少年に道を尋ねると、それまでの怠惰さとはうって変わって、全身汗だらけになりながら自転車で先導してくれた。やがて自転車少年の先に日没後でも驚くほど透明なのが判る海が見えてきた時は、思わず皆の口から感嘆の声が漏れた。私たちは4日間の休暇中この場所では何もしないで過ごそうと決めた。たまに目の前の海に潜り、宿舎の人が捕まえてくるロブスターを炭火で焼いて食し、夜は砂浜でラム酒を飲みつつ古いカセットデッキでロス・ヴァン・ヴァンの奏でるサルサを踊りながら過ごす。その輪の中にいつの間にかひとり、褐色の肌をした若くて人目を引く女性が混ざっていた。人懐こくて踊りがとても上手く、私たちとすぐにうちとけたが、どこの誰だかわからない。最初のうちは宿の従業員かと思っていたが、間もなくそばにある別の宿泊施設に滞在している外国人観光客の同伴者だということが判った。我々の滞在中毎晩ひとりで姿を現しては談笑し、お酒を飲み、散々踊ってまた自分の寝床へ戻っていく。

「あの子はハバナから来た娼婦だよ」とそばにいたキューバ人の友人が、彼女が立ち去ったあと、淡々とした口調で言った。「妊娠しているんだって。まだ18歳なのに」と眉を一瞬しかめて見せるが、その当時のキューバでは彼女のような存在は決して珍しいことではなかった。お金がない幸せ、などと浮かれているのは私たちのような外国人だけであって、多くの地元の人たちは日々の生活を脅かす困窮から逃れるために必死なのだということを、改めて思い知らされた。

最後の夜、再び姿を現した彼女に名前を聞くと「マリア・テレーザ」と答え、急にひとりであははと大声で笑い出した。ほんの少し膨らんだお腹を突き出し、「この場所にぴったりよね、太ったマリアなんて」と得意げな顔をする。彼女のお腹が太っているせいで大きいわけではないことを知っている我々は笑うに笑えず、その奇妙な偶然に思わず押し黙った。マリア・テレーザは翌朝、ハバナへ戻る我々のために慣れない早起きをして見送りに来てくれた。最後まで同伴者の姿を見ることは一度も無かったが、彼女がその数日間我々と一緒で楽しく過ごせたことだけは確かなようだ。それぞれ「神の幸運を」と口にしながら彼女を抱擁し、車に乗り込んだ。去って行く車のバックミラーに映る、青く輝くカリブ海を背景にいつまでも手を振り続ける彼女のどこか心細そうな姿は、そこにいた我々全ての脳裏にキューバでの印象的な思い出の一つとして、いつまでも焼き付くことになる。

リスボンの隣人

今から15年ほど前の初夏、家財道具や書籍や衣類の詰まった幾つもの荷物と、ダマスカスから連れてきた愛猫を中古のランチャにぎゅうぎゅうと詰め、家族3人で夫の実家のある北イタリアから約3000キロの道のりを、3日掛けてリスボンへ移動した私たちは、到着早々これから暮らす家を探し始めなければならなかった。夏の休暇が始まってしまえば不動産屋は一斉にお休みになってしまうから、その前に移り住む家を見つける必要があったのだ。

ここだと思う物件に巡り合えたのは、猫も含む家族全員がホテル滞在にしびれを切らし始めていた頃だった。私たち夫婦が敬愛する詩人フェルナンド・ペソアの暮らしていた地域にある、築80年の木造モルタルの4階建ての建造物で、住民は全部で8家族だというが、見た目的にはとてもそんなにたくさんの人が暮らしているようには見えない。「年輩の独身者とか、小さい子供がいる若い夫婦とかですよ」と不動産屋は住民たちを良く知っているような口調で説明し、もともとは小さな診療所だったという3階部分のアパートへ私たちを案内した。

　ポルトガルらしい丸くカーブした角部屋には暖かい陽光が差し込み、リフォームしたての新しい木材の匂いがまた好印象で、テラスは古くて狭いがそこから子供が通うことになるはずの近所の公立小学校と中学校の門も見える。窓からはほんのり潮のかおりのする風も吹き付けてくるのもリスボンらしくて心地良い。私たちは直感の判断に任せ、その家へ越すことに決めた。

　しかし、家が見つかったからといってすぐにそこで暮らしをスタートさせられるわけではない。不動産屋の計らいで持ち主との契約は早めに進めてもらい、鍵も手渡されたが、生憎《あいにく》バカンスシーズンに入ってしまったので、水道やガスは手続きをしたところですぐに使えるわけではなかった。

　様々な手続きに奔走し、その家での暮らしを始めるのに最低限必要なものを調達して運び込むという毎日を送っていたある日、入り口の前に幾つもの水の溜められたタライやバケツが並べてあった。驚いていると、私たちの戻ってきた気配を察したのだろう、向かいのアパートのドアが開き、精悍《せいかん》でハキハキとした華奢《きやしや》なおじさんが姿を現した。「水が使えなくて不便しているでしょう」と声をかけてきたその人は、不動産屋さんによると、建物の住民のひとりである〝年輩の独身者〟アメリゴだった。

アメリゴはその家で生まれてから同じ場所に50年間住み続けてきたという、いわばその建物全体の主《ぬし》のような存在である。老いた母親は近所でひとり暮らしをしながら、夕飯の準備のために毎日アメリゴの家に通っていた。アメリゴはリスボンの役所に勤める公務員だったが、瓶底のような眼鏡にぼうぼうに髭《ひげ》を生やしたその姿には人を容易に寄せ付けない彼の人柄が垣間《かいま》見えた。会えばポルトガルが抱える社会問題をあれこれと語り、決してこの国が外の人が思っているほど住み心地の良い場所ではないということを仄《ほの》めかす。あなたたちは偏屈詩人のペソアが好きだというから、少しはポルトガルを別の角度から捉えているのかもしれませんけどね、と優しく微笑みつつも、アメリゴのポルトガルを語る言葉には媚《こび》や嘘は全く無い。おそらくその集合住宅の中でも特異な存在であることが憶測できたが、どういうわけか、我々の猫はこのアメリゴに尋常ではないシンパシーを抱くようになり、ドアを開けるとさっさと彼の家の中へ入っていき、しばらく帰ってこない、という日もあった。アメリゴは私たち家族にとってリスボンで一番最初にできた、頑固で親切な友人だった。

そんなアメリゴには長く付き合っている女性がいた。この女性とは階段などですれ違ったことがあるが、彼らが一緒に暮らしているような気配は無かった。時々近所の大きなガジュマルがある公園のベンチで読書をしている淋し気な彼女を見かけたこともあったが、決して若くもないアメリゴが徹底的にひとり暮らしを続ける理由が私たちにはわからなかった。

アメリゴは病気を患っていた。いつも苦しそうな咳《せき》をしつつ、なのに毎日バルコニーでタバコを吸っているアメリゴに夫は「何故体に悪いとわかっていて喫煙を止めないのですか」と思わず強い口調で言ったこともあった。その時アメリゴは、ああお前もか、と言わんばかりの諦めた表情で首を振り「放っておいてくれ」と答えて家の中に入ってしまった。ポルトガルの男性は欧州のラテン民族という括《くく》りではあるが、イタリア人やスペイン人に比べるとかなり保守的で、強情っぱりなところはどこか日本男子と共通するものがある。なかなか胸の内を開いてくれることもなければ、全てを

Campo de Ourique LISBOA

表に出すわけでもない。結局うちの猫だけが、アメリゴのそばに好きなだけいることを許される存在だった。

7年ほどその家で暮らした私たち家族はその後アメリカのシカゴへ移動し、リスボンの家は時々アメリゴに様子を見てもらったりもしていたが、3年前、実に久々にこの家へ戻ってみるとアメリゴは寝たきりになっていて、母親と彼女が交替で看病をしていた。すっかり瘦せて更に小さくなってしまったアメリゴは、私たちを見ると顔中で笑って「猫は元気かい」と尋ねてきた。猫は数年前に他界していたが、夫は反射的に「はい、元気です」と嘘をついた。アメリゴが亡くなったという連絡が届いたのは、それから間もなくのことだった。

アメリゴが他界した後、そこには彼の母親が暮らすようになった。昨年再びリスボンに戻った時、通りで出くわしたアメリゴの母は皺だらけの顔で「私が家族で一番元気なんです。やんなっちゃうわね」と弱々しい笑みを浮かべた。「思い出だらけの場所に居続けるのも辛いけど、あの家は私の人生そのものだから、最後まで守らないとね」と言葉を残すと、イワシの尻尾が覗いた買物袋をぶら下げて去って行く彼女の丸く歪《ゆが》んだ背中に、夕刻の橙《だいだい》色の淡い光がゆらゆらと揺れていた。

わが美しき街、ナポリ

数年前、70歳になる舅《しゅうと》が初めて友人たちとシチリア旅行に行くことになった時、家庭ではちょっとした大騒ぎになった。50年前に姑《しゅうとめ》が初めてシチリアを訪れた時は、乗っていた車のボディ以外の全てのパーツが解体されて盗まれたという、家族全員耳にタコができるくらい聞かされたエピソードがまたしてもそこで繰り返されていた。

逆に南イタリアの人々には、彼らなりの北イタリアの捉え方がある。友人のミリアムは、イタリア半島のかかとの部分にあたるプーリア州の出身だったが、30年の人生でローマから北へは一度も行ったことが無いという。研究者として学会のために世界中を飛び回っている人が、自分の暮らすイタリアのローマ以北のことは殆ど知らないというのである。

南イタリアの人たちは、北部の人間が自分たちの地域をどう見ているのか、南部に蔓延《はびこ》る犯罪組織に対し彼らが不安や恐怖を抱いているのもわかっている。北部連合体などという、南と北でイタリアを切り離そうという意図を持った政党の支持率が低くないことも知っている。そういった認識が北への旅行欲を消失させる要因にもなっているのだ

ろう。

とはいえ、勿論北部のイタリア人全てが南イタリアに対してそんな見方をしているわけではない。北部出身者と南部出身者の夫婦も周りには結構いるし、南イタリアの素晴らしさに心を奪われて、逆にシチリアやプーリアに移住した人たちもいる。「お金のことで頭がいっぱいで人間らしさが失われつつある北イタリアの暮らしはもうウンザリ、

子育ては温かい人たちのいる場所でしたい！」と言って妻の故郷であるシチリアの田舎に戻り、B&Bを始めた友人もいた。

　私も住まいは北イタリアだけど、友人の多くは南イタリアの出身者だし、南イタリアへはプライベートでもよく出かける。イタリアにはレ・フレッチェという高速列車が南北の都市間で運行されていて、飛行機を使わなくてもナポリなど南イタリアの都市までの移動はとても楽になった。

　ナポリといえば、以前取材の仕事で訪れたこの街で乗ったタクシーの運転手に、いきなりある一定の金額を支払ってくれれば、1日ナポリ周辺であればどこへでも連れていく、子だくさんなので是非助けてほしい、と懇願するような口調で迫られたことがあった。これは乗るタクシーを間違えたかと戸惑ったが、同伴者が「こういうのもたまには悪くない、これもまた有意義な経験」などと言うので運転手の提案に乗ることに決めた。

　ドライバーは運転中、一生懸命に自分が生まれたナポリという街の素晴らしさを語り続け、観光名所というわけではないけど是非ナポリの素晴らしい思い出作りのためにと、当初行く予定のなかった幾つかの場所に我々を案内してくれた。彼が初めて妻とデートで訪れたという公園では我々と一緒に車から降りて、プロのボクサーを目指していたのにタクシードライバーにならざるを得なかった経緯を聞かされた。妻や子供たちの顔を思い浮かべると、どんなに辛くても頑張らなきゃと思うんだ、と自分の家族のことを喋る彼の目は今にも涙が溢れ出そうなくらい潤んでいた。

そんな彼が1日の締めくくりに選んだ場所は、ナポリ湾とヴェスヴィオ火山が良く見渡せる高台だった。茜色《あかね》に染まった夕暮れの空と遠くに青く霞《かす》むヴェスヴィオ火山、そしてその上には取って付けたような満月が浮かんでいる。絵葉書などで見るよりずっとドラマチックで、確かに息を呑《の》むような光景だった。私たちと並んでその景色を目の当たりにしたドライバーは思わず両手を広げ、「ねえ、ほら、見てくださいよ、これがナポリですよ。これこそがナポリなんですよ。美し過ぎて泣けてくるじゃないですか。俺はこの街を一生見捨てることはありません」とカンツォーネの一節のようなセリフをてらいも無く朗々と口にした。月明かりを浴びながら、目から溢れ出た大粒の涙が次から次へと頬を伝って足下にぽたぽたと滴り落ちている。確かに、こんな人は北部にはなかなかいない。別れ際に、あんたはどこに暮らしているのかと問われたのでパドヴァだと言うと「北部か。真面目な人たちしかいない街はつまらないだろう」と返された。答えに窮している私の肩をドライバーはぽんと叩き「冗談だよ、冗談。どんな街だってみんな良い所があるもんさ。ナポリしか知らない俺が言っても説得力は無いけどね」と、勝手に会話を締めくくると、頼りなさそうな顔ににっこりと微笑みを浮かべ、たくさんの子供たちが待つ家へと帰っていった。

恋愛は生きる力なり

リオ・デ・ジャネイロに暮らす美術評論家の友人カルロスは、間もなく70歳を迎える人生で、4度の結婚をした。「イパネマの娘」を始めとする数々のボサノヴァの名曲の作詞を手がけた外交官ヴィニシウス・ヂ・モライスには9回という結婚歴がある。それを踏まえれば4回なんてどうってことはないのだろうけど、一見面倒なことなど避けてやり過ごしたそうに見えるブラジル男たちの秘めたる恋愛パワーには底知れないものがある。

私が初めてカルロスと出会ったのは、ちょうど4人目の妻となるミレーナと付き合い始めてすぐの頃だった。ミレーナは新進気鋭のジュエリー・デザイナーで、ふたりの子供を育てるシングルマザーだった。見た目には悠々自適に生きる女性の潔さが感じられたが、私とふたりきりになった時、ミレーナはカルロスがなかなか結婚に踏み切ってくれないという不満を漏らした。カルロスは過去に別れた3人の妻とも普通に交流が続いていて、それがミレーナにはあまり面白く無いらしい。特に文化人類学者としてアマゾンに暮らす最初の妻は、たまにリオにやってくるとカルロスの家で寝泊まりをするという。カルロスに何気なく言及してみると「同性愛者であることを告白して俺と別れた女に未練だって？　まさか」と乾いた笑い混じりの返事が戻ってきた。ミレーナもそれは知っているのだが、元妻がレズビアンであることは嫉妬を払拭する理由にはならないらしい。好き、愛している、ときたら次は結婚、というのがミレーナの恋愛における真っ当なプロセスなのである。確かにカルロスはプライベートより仕事が優先だし、女性に対して繊細なケアができるタイプには見えない。きっと他ふたりの妻たちとの別れも、そのへんのことが理由にもなっていたのではないかと思う。

とある年の春先、ミレーナとふたりでリオのカーニバルを観に行った時のことである。生粋のリオっ子でありながらお祭り騒ぎやサンバを嫌悪するカルロスはカーニバルには同行しないかわりに、早朝のお祭り終了後、会場付近まで私たちを迎えに来てくれるということになった。ところがその日のパレードが終わった早朝5時、指定の場所に待ってくれているはずのカルロスの車がどこにも見当たらない。何度も電話を鳴らしたところでやっと通じたが、仕事場で寝込んでしまっていたという。しかも、あまりに眠いので車を運転する自信がなく、とても今から迎えには行けないと言われ、ミレーナの怒りは炸裂《さくれつ》した。1時間以上も待ってやっとタクシーを見つけ、カルロスの家まで辿り着けたのは、もう朝の8時を過ぎた頃だった。ミレーナはタクシーの中でひたすら「女を愛している男の態度じゃない」と涙混じりに声を荒げ、玄関に出て来たカルロスの顔を見るや否や「あなたって男は最低ね！」とぶつけて、そのまま玄関で待たせていたタクシーで仕事場へ行ってしまった。「最低か。おそらく俺が人生で一番多く言われた言葉だな。ははは」と気が抜けたように笑うカルロスは、学習できない自分を自覚する男のやる瀬なさに包まれたまま、叱られた子供のような顔つきでしばらくその場に立ち尽くしていた。

ミレーナからやっと入籍できたという報告が届いたのは、それから間もなくのことだった。とりあえず良かったとほっとしたのも束《つか》の間、その翌年に今度はカルロスから「またしてもひとりになってしまいました。ミレーナにはもう別の彼氏がいる。私

"Amar não é infinito
Infinito é a capacidade de amar" Vinicius de Moraes

はもう恋愛をしないと心に固く決めたよ」というメールが届いた。あの喧嘩の現場に居合わせた身としては、確かにそれも予想内の顚末《てんまつ》ではあったが、とりあえず傷心のカルロスにはありきたりな慰みの言葉を返すしかなかった。

カルロスから、娘に赤ちゃんが生まれたという嬉々としたメールがあったのは、それから数ヶ月後のことだった。おまけに、そんな慌ただしい出来事の最中になんと自分にも新たな出会いがあった、などと書かれている。「良き出会いは自分が幸せな時にこそ訪れる」という格言じみた一言に思わず失笑が漏れるも、ブラジル男の不屈の恋心というものを痛感させられたのだった。

息子の友達

夫が突然アメリカのシカゴ大学で研究をしたい、と言い出した時、私はかなり戸惑った。確かに我々家族はそれまでに何ヶ国も転々としてきたし、国境を越えた引っ越しには慣れてはいたけれど、当時暮らしていたポルトガルのリスボンはあまりに心地良く、地元の中学校でたくさんの友達と毎日楽しそうに和気あいあいやっている息子を見ていると、なかなか夫の提案に乗る気持ちにはなれなかった。

最終的に夫は単身でシカゴ暮らしを始め、我々はそれから2年後、息子が中学校を卒業するタイミングでポルトガルを離れることにした。新しい住まいはダウンタウンにある地上60階建て高層マンションの50階、窓からはミシガン湖と高層ビル群のスカイラインが一望でき、それまでのリスボンの質素な木造作りの家との激しいギャップに私も息子もたじろいだ。そんな生活環境もさることながら、我々家族が一番衝撃を受けたのは、息子が通うことになった学校である。

彼が編入したのは公立高校のインターナショナル・バカロレア、略してIBという特設のコースだった。世界転校を繰り返してきた息子は、多言語スピーカーであることと、ポルトガルでは数学オリンピックにリスボン代表として参加したことなどが注視されて、この教育プログラムに入ることになったのだが、クラスの生徒たちの様子はリスボンの学校とはまるで違った。彼らの殆どがエリート大学を目指して日々勉強に明け暮れており、全くティーンエイジャー的青春を謳歌《おうか》している様子が見られない。父兄とのミーティングに出ても、どの親も子供たちの将来や、大学に進学する際の経済的な負担などへの不安を滲《にじ》ませた暗い表情で、にこりともせずに教師の言葉に耳を傾けている。息子はそれでもなんとか努力してこの環境に適応していったが、多過ぎる宿題のために睡眠時間は毎日3時間、ランチ時間返上で授業の入っている教科もあった。夫は夫でシカゴ大学での仕事がハードだと嘆いているし、私は5本もの漫画の連載を抱えてパンク状態。毎日睡眠不足で朦朧《もうろう》としながら朝食を取る息子を見かねて

「そんな厳しい学校辞めてしまえ」と声を上げることも度々あった。だからアメリカには来たくなかったんだ、と愚痴を吐露して夫と喧嘩になることもあった。

そんなある日、子供が初めて学校で仲良くなったという友人を家に連れてきた。長身でシャイだがとても礼儀正しいその青年の名前はジェイクといった。息子と同じくカメラに興味があって意気投合したのだという。それまで勉強漬けだった息子もジェイクと出会ったことでやっと開放的になり、ふたりはよく一緒に過ごすようになった。生まれつき身体が弱く学校も休みがちだったジェイクも、なかなか積極的に友達を作ろうとするタイプではなかったらしく、父兄会で会った彼の母親は優しげな表情で「やっと気の合うお友達ができて嬉しい」と微笑んでいた。

お互い理系で工学部を目指していたふたりは、学校の授業で小さな木造の橋のモデルを作るのにペアを組み、それぞれの家を行き来しながら課題を完成させたこともある。高得点はもらえなかったそうだが、失敗しては悔しがったり笑ったりしながら何度も木製の小さな橋を作り直していたふたりの姿を、私は安堵しながら眺めていたものだった。

高校を卒業すると、ジェイクは地元の工科大学、息子はハワイ大学に進んだ。お互

Jake e Dersu

いの近況をメールでやりとりしていたふたりだが、ある日息子がチャットで送った海の写真に「Beautiful」という一言を残したきり、ジェイクからの連絡は途絶えてしまった。大学の勉強もお互い忙しかったし、ジェイクにもいよいよガールフレンドができたのだろう、くらいに軽く捉えていた息子だったが、その後高校のクラスメートからの連絡でこの友人が持病をこじらせて亡くなっていたことがわかった。

　この悲しい出来事をハワイから伝える息子の声は冷静だった。既に大きな感情の波が静まったあとだったのかもしれない。私はマンションの窓から毎日眺めていた、朝《あさ》靄《もや》の中のシカゴのスカイラインを思い出していた。心のゆとりが失われていたあの頃は、その表層的な都会の景色がただただ腹立たしかったが、それでもその街に生まれ育ち、あなたと仲良くしてくれたジェイクがいてくれたから、私たち家族はなんとか頑張れていたんだと思う、と告げると、息子はしばらく間を置いてから「そうだね」と静かに答えた。

バス停の女性

10代の後半だったある日、学校から家に帰ろうとバスを待っていると、ふいに背後から「画学生？」と英国の英語で言葉をかけられた。振り返ると、そこには白髪のボブヘアーに手編み風ショールを纏《まと》った、背の高い上品な雰囲気の女性が立っていた。どこの学校に通っているのかと聞かれるつもりでいたので、女性がいきなり「あなた、わたしの大切だった友人に似ています」という言葉を重ねてきた時は、「えっ」と小さく声を上げてしまった。「この通りの向こう側からこちらに渡ってくるあなたの姿が見えた時、あまりに似ていたから、驚いて立ち止まってしまったのよ」と女性は私の目をじっと見つめながら優しそうに微笑んだ。

どう対応していいのかわからず、とりあえず「そのご友人は、東洋人なのですか」と問い返してみると、「いいえ。彼女はわたしと同じイギリス人。あなたみたいに絵を勉強していたの」とのこと。私が彼女に対してそれほど訝《いぶか》しい対応をしなかったので安堵したのか、眼鏡の向こうの青いガラス玉のような目がきらきらと輝いている。間もなく私が待っていたバスが到着すると、女性も何も言わずに私と一緒に乗り込んできた。

「似ているのは人相ではないの。あなたの醸し出している雰囲気が、似ているのよ」と女性はつり革につかまって、ゆらゆらとバスの振動に身を委ねながら、窓の外に視線を向けたまま呟いた。「背丈。表情。歩き方。彼女もやっぱりあなたみたいに暗い色の服を着て」と記憶を辿りながら窓の外を眺めていた。

3つ目の停留所でバスが停まると、女性は突然何かに覚醒したかのように「ごめんなさい、突然声をかけて」と私に謝り、「こんなわたしに親切にしてくれてありがとう」と言い残して、バスのステップを慌てて駆け下りていった。外へ出てしまうとバスの窓越しに私を振り向くこともなく、バスが来た道のりを足早に去って行く姿が見えた。怖かったわけではないが、周りを感染させるような寂しさを纏っている女性だった。

その後も私の頭の中に「こんなわたしに」という言葉がしばらく残り続けた。

次の週の同じ時刻、同じバス停で私は再びこの女性に出会った。女性は私を「ずっと待っていた」と言った。そして手提げ袋から包みを出して「ロンドンのお菓子です、わたしの家の近所にあるお店のものだけど、良かったら」ともう一方の手で私の手を取り、その包みを摑ませると、一瞬だけ力を込めてぎゅっと握った。「もし時間があ

ったら、そこのバールでお茶をご一緒していただけませんか？」

即答できないでいると、女性の表情は忽《たちま》ち悲しそうになった。友人に雰囲気が似ているというだけの私とそんなに近づきたくなるものなのか、その胸の内が読めなかったが、私は彼女を傷つけることを恐れて小さく頷《うなず》くと、バス停の脇にある、簡素なバールのプラスチックの椅子に腰掛けて飲み物を頼んだ。

私が乗る筈《はず》だった番号の記されたバスが何台か通り過ぎた頃、女性は再び手提げ袋から使い込んだ手帖を出し、その中に挟んであった白黒の写真を私の前に置いた。ふたりの高校生くらいの少女が、葉が生い茂る大きな木の下にあるベンチに腰掛けている。ラファエル前派の絵画のようだった。

「これがあなたに似ていた友人です」と女性は、ベンチに座るしかめっ面をした少女の方を指した。どう見ても私に似ているようには思えなかった。

「彼女はフィレンツェにとても憧れていた。ボッティチェリの『春』が見たいって言ってたわ。一緒にいつか行こうって約束をしていたのよ。でもね、突然わたしの前から居なくなってしまったの」独り言《ご》ちるように語る女性の口調には戻らない過去を思う憂いのようなものは感じられない。女性がフィレンツェにいるのもきっとその友人と交わした約束を果たすためなのかもしれないが、そのような説明もない。女性はデミタスカップの中に残った冷めたコーヒーを飲み干すと、ふうと深い溜め息を吐き、写真に目を落としたまま「彼女はわたしの恋人でした」と小さい声で呟いた。宙に向けられた青い瞳がほんのりと潤んでいる。女性は私の答えを待たずに立ち上がり、すみやかに勘定を済ませた。そしてバス停へ戻ると「わたしに親切にしてくれてありがとう」と前回と同じ言葉を残し、人目を避けるように、足早にその場を立ち去って行った。背が高いから、観光客の人混みにまみれても女性の白いボブヘアーは長い時間私の視界の中にあった。

　バスの中でもらった包みを開くと、うさぎの柄をあしらった小さな缶に入ったショートブレッドが現れた。バス停でその女性に会うことはもう無かった。

祖母の秘密　母の恋

祖母が亡くなったのは私が13歳の夏休みの最中、母が妹を連れて、勤めていたオーケストラの演奏旅行に出かけ、私がひとり家に残って留守番をしている時だった。突然祖父から電話があり、いつもと変わらぬ消え入るような優しい声色で「今日、美千絵が亡くなりましたから。リョウコちゃんから連絡があったらそう伝えてね」と話した。悲しいのだか、長期の闘病の末やっと苦しみから解放された妻を労《ねぎら》っているのか、祖父の穏やかな声の調子からは判別ができなかった。

その夜、電話で母に祖母が亡くなった知らせを告げると「そう、わかった」と別段悲しそうなふうでもなく答えるのが受話器の向こうから聞こえた。そして私に「あり

がとうね」と加えた。何に対してのありがとうだったのか、電話を切ったあとじっと台所の椅子に座って考えていたら、祖母との記憶が次々に押し寄せてきて急に淋しくなった。

それから数日後、東京の母の実家で執り行われた祖母の葬儀に参列した。燕尾服《えんびふく》姿の祖父は葬儀場の一番前の席に、腰から背中にかけて綺麗な直角のかたちで、真っ直ぐ座っていた。病気の期間が長かったからなのか、参列していた親族も知り合いも大袈裟に悲しむ人は見当たらなかった。私は棺の中に横たわる、ひとまわり小さくなった祖母を見つめながら、中庭の梅の木に止まっていた蟬を素手で捕まえて「マりちゃん、ほら」と手渡してくれた祖母を遠い夏の日の記憶の中で辿った。

菊男さん、という男性を紹介されたのは、葬儀が終わった直後だった。「マリ、ちょっと来なさい」と母は慌ただしい仕草で手招きをし、「この方ね、鵠沼《くげぬま》に暮らしていた時、隣に住んでいらしてね、ずいぶんお世話になったのよ」とその口調は少し昂《たか》ぶっていた。長身で姿勢が正しく品の良い菊男さんは私を見るなり「リョウコちゃんにこんな大きなお嬢さんがいただなんて」と驚いた。

イスラム文化の研究者として、年中シルクロードや中東を旅しているのだという菊男さんは、かつて隣に暮らす年下の女学生だった母にたくさんの本を勧めてくれた人でもあった。母が夢中になった戦前戦後のフランス映画のその殆ども、菊男さんが観に連れていってくれたらしい。菊男さんにもらったというドストエフスキーの『カラマーゾフの兄弟』の翻訳は母の本棚に置かれていた。おそらく若かりし頃の母にとっての菊男さんは憧れの人であったのだろう。

それから数年後、その菊男さんも亡くなったということを、私はフィレンツェを訪れていた母から聞いた。「そうなのよ」と母は感慨深そうな表情をして見せた。「もう3ヶ月くらい前かしら。それでね、確か戦時中に菊男さんと一緒に家族で撮った写真があったと思って、大泉の実家の倉庫にあったアルバムを探してみたの。だけどどういうわけか、菊男さんが写っている写真が1枚も無かったのよ。不自然なほどに1枚も」

「どうして」と問い質すと母は「どうしてかしらね」といったんそらぞらしく答えてから「たぶんお爺ちゃんが捨てたのよ」と声のトーンを落として続けた。想像力旺盛な私にはなんとなく事情が読めた気がして「お母さん、菊男さんが好きだったんでしょう」と言うと「好きだった」と即答された。でもお爺ちゃんがふたりの関係には反対だったんだね、と言いかけた時、母がやはりトーンを落とした声で遮った。「でもね、菊男さんが好きだったのは、私ではなくて、お婆ちゃんだったのよね」「お婆ちゃん？」

「そう。私のお母さんね」

　第二次世界大戦が勃発した頃、祖父はモンゴルのウランバートルに銀行員として派遣され、2年ほど家を留守にしていたという。そんなある日、母が学校から家に帰ってみると、玄関に隣に暮らす大学生の菊男さんの革靴が並べてあった。少しだけ開いた居間の襖《ふすま》の向こう側で、着物をまくしあげて、何かにぶつけて内出血してしまった大腿部を菊男さんに見せている母の姿があった。「見間違いだったのかもしれないけど、でもびっくりしたのよ」と母はまるで怪談でも語るような口調で続けた。「そのあと、菊男さんの一家は突然引っ越してしまったのだけどその理由は教えてもらえなかった。だからやっぱり何かあったんじゃないかと思うのよ」と、らしくない神妙な声色で語る母に、私は咄嗟《とっさ》に「考え過ぎじゃないのそれ」と強く畳み掛けたが、遠い記憶に意識を奪われてしまった母にはその言葉は届いていない様子だった。窓の外に連なる赤い屋根の景色を眺めながら母はそのまましばらく黙っていた。

アントニアとマリア

義母の母アントニアは、私をイタリアに招いてくれたマルコ爺さんの妻であり、彼女の出生地であるノーヴェ村において、初めて離婚というものを経験した女性でもあった。離婚をしてからは、アントニアは祖先の持ち物だった古い一軒家でひとり暮らしをしていたが、体調を崩し、その後は娘たちの家へ引っ越した。90代半ばになっても動作は俊敏でエネルギッシュ、退屈になると村の誰かの最新の噂話か、浮気性だった元夫マルコの悪口に熱中した。

ある日、義父母が友人を招いて夕食会を開いた席でも、アントニアのマルコ叩きは容赦なかった。「もう亡くなってるんだから、許してあげなさいよ」と娘に制されようと、一度スイッチが入ってしまったお喋りにはもう制御は利かない。アントニアのオーバーフローなリアクションに皆どう対処していいかわからず戸惑っていると、おほほ、いやあねえとシニカルに対応するのが義父の母であるマリアだった。年齢はアントニアより5歳下だったが、マリアも数年前から体調を崩して息子夫婦の厄介になっていた。つまりこのふたりの義理の姑たちは同じ屋根の下で暮らしていたのである。

「わたくしの夫はあなたの夫と違って、それはそれは勤勉で。会社の社長という立場をしっかり自覚してて、毎日毎日家に戻ってきては経営学の本を開いていたわ。浮気なんてあり得ませんでした」

　マリアのノーブルな口調による亡夫自慢が始まると、その場に集っていた客人たちは「本当に真面目な方でしたからねぇ」と激しく頷きながら、アントニアが容赦なしに撒《ま》き散らした毒気を払拭しようと試みた。ところがそんなマリアの上品な対応を目の当たりにしてアントニアが黙っているわけがなかった。

「そもそもね、あんたのところの夫と違って、マルコはモテる宿命を背負っていたんだよ。そんな地域一番のモテ男に結婚を迫られた時、あたしだって覚悟が無かったわけじゃないよ。浮気は許せないけど、ハンサムで頭もいいから女たちが惚れるのは仕方がない」

マリアは膝に掛けていた布ナプキンで静かに口元を拭いながら、おほほ、と口を窄《すぼ》めて笑った。「だからってねぇ。離婚というのはどうなのかしらね。神の前で立てた誓いを破るなんてこと、わたくしにはとてもとてもできませんわ」とアントニアの早口のだみ声を遮っていく。「わたくしなら、もしもあの勤勉な夫に浮気の疑いがあったとしても、子供たちのためにも、神の前で立てた誓いのためにも、決して離婚なんていたしませんわ」

「離婚をしたのは、自分もマルコもその方が幸せに生きられると思ったからだ。神様にどう思われようと、自分を苦しめる男となんて嫌々一緒になんか暮らせない。結婚を恨むようになったら神様まで恨んじまうよ」

90歳を越えてアグレッシヴに交わされるふたりの老女の結婚観のやりとりを宥《なだ》める人は誰もいなかった。皆テーブルの上の自分の食事を黙々と口に運びつつ、ふたりのやりとりに耳を傾けた。ふたりもそれをわかっているのか、とにかく周りにいる人数が多い時ほどそのやりとりはエネルギッシュなものになった。

この出自の環境の違い過ぎるふたりが、衣食住を共にできているのはちょっとした

ANTONIA

奇跡だった。体調を崩す前であれば、ふたりが会うことなど決して無かったし、彼女たちの娘も息子もあえてふたりが仲良くなることを無理に促したりはしなかった。それくらいふたりの性格は違った。だから、その場にいた人たちにとって、この水と油のようなふたりの〝共存〟を目のあたりにするのは、どんなに仲が悪い人間とでもやりくりが可能であることを実証する、貴重な機会であったとも言える。

時々マリアはアントニアに対して、自分がいつも家族からされるように、わざわざ大きな声でゆっくりと話しかけようとする。言って・る・こと・が・わ・か・り・ま・す・か？　するとアントニアは「あたしをボケ老人扱いかい、コンチクショウ！」と声を上げる。ワインで心地良くなったマリアが眠たそうにしているのに気がつくと、娘に「この人、もう寝床に連れてってやんなよ」と気を遣う。お互い気を許し合っているわけではないが、気遣いが無いわけでもない。

ちなみに、アントニアが亡くなったあと、マルコとの離婚届にはサインがされていなかったことが発覚し、家族中で驚いた。あんな悪口並べておきながらパパのことはずっと好きだったのね、素直じゃないわよねえ、と呟きつつ、娘は居間のサイドボードに立ててある、マルコとアントニアの写真が入った額の埃《ほこり》を拭っていた。

ブラジル移民

国内だというのにアマゾナス州のマナウスからサンパウロまで飛行機で約5時間、ブラジルは広い。トランジットで更に3時間待たされ、やっとリマ経由ロスアンジェルス行きに搭乗するが、日本までの道のりはまだまだ果てしない、そう思ったとたんブラジル国内を旅している間には感じなかった、ずっしりとした疲労感に見舞われた。機内に搭乗し、座席に腰掛けて放心していると、不意に隣の座席の老人から日本語で「日本人ですか」と問いかけられた。その人もやはり私と同じ経路で東京へ向かう途中であり、マナウスの便から既に私に気がついていたのだという。日本語がたどたどしいので日系人の方ですか、と尋ねると「私は移民一世です」という返事だった。

Os imigrantes japoneses no Brasil

ブラジルへの入植者として戦後、アマゾナス州に暮らし始めて50年もの間音信の途絶えている親戚を訪ねるつもりだが、日本もずいぶん様変わりをしたでしょうなあ、と不安と高揚の入り混じった声がかすかに震えている。しかも静岡に暮らしているはずの親戚には、自分が日本へ行くことは伝えていないという。遥々《はるばる》訪ねてみたところで、もしお会いできなかったらどうするのですか、と聞くと「その時は日本を観光して帰るだけです」ということだった。「お金はそんなに持っていませんが、ブラジルまでの帰りの航空券はあるので大丈夫」と目を細めて頼りなげな微笑みを浮かべた。

日本は自分の故郷でありながら、「帰り」という言葉の指す先にあるのは日本ではない。この感覚は私にも共通するものだが、老人はそもそも満州で生まれたので、自分がどこの何人なんだかもう最初からよくわからないと笑った。

「満州から引き揚げてきても日本には暮らす場所がない。親は死んでしまったし、これはまた別な場所へ行けということだと思って、ブラジルに渡る決意をしたものの、一緒に入植した仲間は皆マラリアで亡くなりました。私は運が良かった」

老人がポルトガル語と日本語を混ぜつつ、飄々《ひょうひょう》と語るその過去はかなり壮絶な内容だったが、まるで何かの生き物の観察日記でも読み上げているかのように情動が抑えられていた。「あなた知ってるでしょ、ママゥ（パパイア）。最初は皆であれを栽培していました。私より前に入った人たちはゴムね。でもあれもマレーシアのゴムに負けて、売れなくなってダメになった。政府から当てられた土地の良し悪しで人の生き方が変わるんですよ。ママゥのあとはずっとパルミット（ヤシの芽）の栽培で生きてきました。奥さんは2年前に死んだ。彼女はニセイ。働き者でとても静かな人でした。でも子供がいないから、私は今ひとり」

マナウスでの滞在中に出会った日系人たちは皆寡黙だった。会話の中で自分たちのルーツに触れることなど全く無く、私たちの言葉のやりとりを聞いていたイタリア系移民の友人が「なんで君らは同じ種族の血筋なのにそんなによそよそしいのかね」と不思議がっていた。個人差はあるのだろうけれど、日系人が自分たちの親族が体験してきた過酷な過去を積極的に話すなどということは滅多に無いのかもしれない。

その老人も最初のうちは謙虚で思慮深そうな雰囲気だったのが、時間が経つにつれすっかり変わり果てているに違いない日本への払拭できない胸の奥の不安が、どことなく落ち着かない様子となって表れ始めた。ロスで乗り換えた飛行機が日本の上空に入ったあたりで、老人は足元にあったナイロン製の糸のほつれたバッグから、がさがさと簡素な紙包みを取り出した。日に焼けて皺だらけの老人の手の中にあったのは、アマゾン産の赤い木の実で作ったネックレスだった。

「もし運良く親族に出会えたら、お嫁さんか誰かにあげようかと」と私にそのネックレスを差し出して見せてくれた。「綺麗でしょう。みごとな赤色でしょう」と誇らしげだった。それ以外に贈り物として用意したのは、かつて自分も栽培していたパルミットの瓶詰だという。親戚にお前は今まで50年もブラジルで何をやっていたんだと言われたら、これを栽培していたのですよと説明しながら食べてもらいたい。でもパルミットは日本の人には馴染みがないですね、と老人の口調はネックレスの時と違って弱々しい。帰る場所も家族もなく、ブラジルで必死に生き抜いてきた老人にとってのパルミットは彼自身の存在証明みたいなものかもしれないが、そう考えると簡素なガラス瓶に詰め込まれたホワイトアスパラガスのようなパルミットは、なんとも見映えがしなかった。私は咄嗟に「喜ばれますよ」と取り繕ったが、老人は笑わなかった。税関を出たところで老人はまるで力が抜けたように呆然《ぼうぜん》と立ちすくんでいた。その姿を見て私も忽ち不安になるが、時間的にも金銭的にも静岡まで彼を送り届けられるような余裕はなかった。「大丈夫、大丈夫」と老人は気丈な素振りを装い、とりあえず東京駅へ向かうと言った。さようならと握手を交わすと、「ボア・ソルチ（ご幸運を）」と逆に励まされ、慌てて私も「あなたこそご幸運を」と返しつつ「パルミット大好きですよ、家族も大好きです」と付け加えた。すると老人はふわっと柔らかい花が開くように微笑んだ。口元が緩んだその表情は今にも泣きそうな顔にも見えた。「ありがとう、お嬢さん」とポルトガル語で一言残すと、老人はそのままタイヤの壊れた古いスーツケースを引っ張りながら、バス停の方へ去って行った。

てっちゃんの筆入れ

1970年代半ば、実質経済成長率10パーセントの高度成長期が、オイルショックという現象とともに急激に終焉《しゅうえん》した頃、当時小学校の低学年だった私はそんな世の中の流れなど何処《どこ》吹く風で、毎日を楽しく過ごしていた。

当時通っていた北海道の小学校では、生徒たちの経済格差は今よりも歴然としていたが、子供たちにとってそれは大した問題ではなかった。商売をしているお金持ちの家、会社員の社宅、何を生業としているのかわからない家、見るからに貧しい長屋のような家。人の家の様子がみんなそれぞれ違うのは当たり前だったし、むしろその多様性が面白かった。私が当時暮らしていた団地の部屋にやってくる子供らは、母が留守なのをいいことに、戦前長い間アメリカで暮らしていた祖父が持ち帰ってきた大きな鉄枠のベッドで飛び跳ね、壁に飾ってあったレプリカのモナリザの絵を「怖いおばさん」と怖がって大はしゃぎした。親が商売を営んでいる少年の家へ遊びに行くと、お菓子や飲み物を好きなだけ出してもらえたが、無職だけどパチンコの上手いお父さんのいる子の家でも、やはりお菓子や飲み物は食べ放題だった。家族や経済的な事情と日々の楽しさがシンクロするとは限らないのが、当時の日本の子供社会だった。

そんな昭和の子供事情を象徴していたのが筆箱である。お金持ちの子供は最新式の、何面も扉のついたキャラクター柄の立派な筆箱で周りの羨望を独り占めするわけだが、それが悔しい子供はなんとか自分の持っている普通の筆箱の価値を上げるための工夫を凝らすのである。普通の筆箱の価値を上げるのに一役買ったのが、初夏の北海道に現れるクワガタという甲虫である。森林や電灯付近の壁といった場所で見つけたこの立派ななりをした虫を筆箱に入れて学校へ持って行き、これ見よがしにお披露目するのである。どんなにオンボロの筆箱であっても、ゴリゴリして強そうなミヤマクワガタなんかが入っていれば、クラス中の子供たちの注目の的となった。虫に興味のない女子は、筆箱の中に自分の小さな宝物を入れて持って行くわけだが、私の場合は、近所の鉄工所で拾う不思議な部品を、なんの変哲もない古い筆箱の中に忍ばせ、皆にやたらと羨ましがられたことがあった。ただ、やはりお金持ちの女の子がキラキラするようなアクセサリーなどを持ってくれれば、私の鉄鋼部品人気もそこまででしかなかった。

クラスの中でひときわ小さく、勉強もビリで、喋っても吃音《きつおん》になってしまう、てっちゃんという子供がいた。てっちゃんのお父さんは炭鉱の事故で亡くなり、お母さんとふたりきりで市営住宅に暮らしていた。私たちはてっちゃんを虐《いじ》めていたつもりはなかったが、彼はいつも孤立していたし、男子は体育の授業の団体競技でてっちゃんが混じると、あからさまに嫌そうな顔をした。普段からてっちゃんは、なにひとつ悪いことをしたわけでなくても「ごめんね」と誰にでも彼にでも謝るのが口癖だった。

そんなてっちゃんが、ある日クラス中の羨望の的となる出来事があった。てっちゃんの、箱式ですらないチャック式の布の筆入れの中から、紫や透明の小さな輝石が幾つも出てきたのである。まずは隣の席の子供が気がつき、あっという間にてっちゃんの机の周りには人だかりができた。

てっちゃんはそれらの石を、かつてお父さんが炭鉱で見つけて自分のために持ってきてくれたものだ、とたどたどしく説明した。お父さんが今はこの世にもういないことは皆知っていたが、お父さんはてっちゃんのこと大好きだったんだねえ、優しいお父さんだねえ、と我々はてっちゃんを羨ましがり、惨めだとばかり思っていた彼への見方を改めた。

　ところが、そこに集まっていた少年のひとりが、石の一つにシールの跡があるのに気がついた。よく見ると表面には「理科室」と示されている。確かに鉱山って石炭を掘る場所だよな、そんなところにこんな綺麗な石があるわけないよな、と波紋が広まる中、てっちゃんの顔はみるみるうちに蒼褪《あおざ》め、じっと俯《うつむ》いたまま固まって動かなくなってしまった。シールを見つけた少年は担任がクラスに入ってくるや否や、その出来事を正義感溢れる表情で告発した。他の子供は固唾《かたず》を飲んでその様子を見ているしかなかった。

「てっちゃん、それ本当？　その石を見せて頂戴」

　担任から静かに指摘されると、固まっていたはずのてっちゃんはいきなり立ち上がり、机の上にちりばめられた石も筆箱もそのままに、大声で泣きながらクラスから飛び出して行ってしまった。普段のてっちゃんからは想像もできないほど大きな嗚咽《おえつ》だった。担任はすぐにてっちゃんの後を追いかけて走っていったが、私が覚えているの

てっちゃんの筆入れ

はそこまでで、その後にこの一件がどのように終息したのか全く覚えていない。ただてっちゃんは、それからすぐに転校することになった。てっちゃんはもう学校に来ていなかったが、クラスまで挨拶に来たてっちゃんのお母さんが、うちは貧乏だからこんなものしかなくてごめんね、今までありがとう、皆さんで食べてくださいと持ってきたのが、一つ一つ皮が剝《む》かれた大量のゆで卵だったことだけは鮮明な記憶として脳裏に焼き付いている。

嘘であっても、理科室のものであっても、彼にとってあの筆入れの中の輝石にどれだけ果てしない意味があったのか、お母さんの持ってきたあのたくさんのゆで卵も含めて、時々思い出してはやる瀬なさでいっぱいになる。

スティーブンとメラニー

今から25年前、詩人の彼氏と借りていた家の家主から、娘が結婚するので引っ越してもらいたい、それが無理なら家を買い取ってほしいという通達を受け取り、私たちは「またか」と途方に暮れた。もしその家から出て行くとなると、私にとってはフィレンツェで暮らしてから通算20回目の引っ越しとなる。家賃もそこより良い条件のものを見つけるのは至難の業だったので、貧しかった私たちはすっかり落ち込んだ。

ところがそれから間もなく、フィリピン人の友人スティーブンがその窮地を救ってくれることになった。プロのダンサーでありながら夜はレストランのウェイターをしている彼が、店の客だという敏腕弁護士を紹介してくれたのである。早速私は自分たちの事情を説明し、最終的には銀行から商売を始めるための融資を受けて、家を購入することになった。ただし融資を受けた条件として、必然的に商売も始めなければならない。それが詩人にとっては新たな懸念材料となっていたが、楽観的なスティーブンに「商売やりながら詩や絵をやればいいだけの話じゃないか！」と説得され、やる気を奮い起こした。

スティーブンにはフィリピンから一緒に来たメラニーという、同じくダンサーの美しい婚約者がいて、彼も彼女との結婚を果たすために一生懸命お金を貯めていた。メラニーはアルノ川沿いにあるナイトクラブで働いていたが、詩人は度々スティーブンに「他の男に取られないようにしっかりガードしていないと」と、強《あなが》ち冗談とも取れない警鐘を鳴らした。ただ、スティーブンを知る人は誰しも、彼ほど誠実で働き者な男性は滅多にいないので、メラニーが彼を裏切ることなどあり得ないと確信していた。

サンロレンツォ教会のそばに開いたカメオやヴェネチアングラスを売る、観光客相手の詩人の小さな店が軌道に乗り始めると、スティーブンはレストランを辞めてこちらの仕事を手伝ってくれるようになった。薄給のレストランを辞めたのは、結婚のタイミングを計っているからなのかと勝手に憶測し、真相を問いかけてみると、スティーブンの口から信じられない答えが戻ってきた。もう数ヶ月も前に、メラニーはドイツ人の実業家にプロポーズされてフィレンツェを去ってしまったというのだ。スティ

Un piccolo vicolo a Firenze

ーブンは箱から取り出した商品のビニールを黙々と破りながら、その衝撃的な事情を、まるで何でもないことのように報告した。返す言葉が見つからず戸惑う私を振り返ると「仕方がないよ」とスティーブンは小さく笑った。「自分は結局ここでは立場の弱い外国人労働者。メラニーが欲しかったのは自由と、お金と、安定した将来。僕にはそれは叶えられない」。スティーブンは自分と同じ外国人の立場である私であれば、出稼ぎという立場を理解してくれるだろうと思ったのか、あとで現れた詩人にはメラニーと別れたことを伝えようとしなかった。私も彼の心中を察して、それからしばらくの間は黙っていた。

翌年、フィリピンから彼の父親が亡くなったという連絡が入り、それを機にスティーブンは自国へ帰ることを決めた。フィレンツェへ来てから5年の歳月が過ぎていたが、父の死と向き合う中でスティーブンの表情は引き締まり、帰国という揺るぎない決意を抱いた姿勢は逞《たくま》しく精悍だった。ある程度お金も貯まったので、フィリピンで何かビジネスをしてみる気になったという。出発の前日、スティーブンは自分の分身と称していた古い自転車を店まで届けにやってきた。5年前、バス代を浮かすために買った自転車だという。詩人は君がまた戻ってくるまで大切に保管しておくからね、などと言いながら、度々その自転車を使って街の中を移動するようになった。

　ドイツへ嫁いだはずのメラニーが、不意に我々の店に現れたのはその翌年の夏だった。ノースリーブの黒いワンピースにブランドのバッグを持った佇まいはいかにも裕福なマダムだったが、真っ黒なサングラスを掛けていたので表情は見えない。「チャオ」と店に入ってくるなり、毎日会っていたかのような気軽な口調で「スティーブンは？」と聞かれ、私は押し黙った。外に置いてある自転車が目に入ったからだろう。彼はフィリピンへ戻ってしまったのでもうここでは働いていないと告げると、メラニーは長い沈黙のあとに一言「そうなの」と小さく呟き、硬く口をつぐんだ。それから手持ち無沙汰に商品棚にあった真っ赤なヴェネチアングラスの指輪を右手にはめてじっと見つめた後、代金をレジに置いて、さも最初からその指輪を買うのが目的だったと言わんばかりの素っ気なさで足早に外へ出て行った。店の中に強い香水の匂いを残して去って行ったメラニーは、やがて表通りの観光客の波に飲まれて見えなくなった。

アントニオの砦

私の舅のアントニオは、イタリア北西部のバッサーノ・デル・グラッパという古都の生まれで、中心街には4階建ての古い生家もそのまま残っているのだが、今は郊外の、家族が代々農家に貸していた広大な土地に建つ古い家をリフォームし、そこにエンジニアである自分用のラボラトリー兼自宅を構えて暮らしている。まだ大学生だった長男が子持ちで年上の日本女性と結婚し、シリアだポルトガルだと海外を転々としている間に、アントニオと姑はバッサーノの家を娘に与えて、自分たちは家財道具一式とともにこの元農家の家に移り住んだのだった。

我々はその家を〝アントニオの夢の城〟と皮肉を込めて呼称した。なぜなら、アントニオはこの古くて巨大な農家の建造物を、階段から物入れの引き出しに至るまで、ありとあらゆる場所に自分の発明や工夫を凝《こ》らした、完全に自分仕様の住まいにリフォームしたからだ。正直、家族の誰にも未だにあの家の構造が把握しきれていないし、地下のアントニオのラボラトリーは、資材や古い家具や彼が収集した100台もの古い自転車が収納された隣の倉庫と迷路のような通路で繋がっていて、勝手を知らずにこの空間に入り込むと、大人でも間違いなく迷子になってしまう。しかも、その地下の一部分は舞台の迫《せり》と同じ仕組みのエレベーターになっており、日によって上階にある部屋は形が変化する。いつぞやは迫《せ》り上がってきたエレベーターと天井の間に子供のサッカーボールが歪んで挟まっていたこともあった。

　階段といえば、片足ずつ上に登っていく不思議な形状をしており、慣れない人は必ず一度は足を乗せるべき場所に板がなくて怖い思いをする。イタリアの建築基準法のことはよくわからないが、要するに、この家は発明家アントニオの夢の集大成であり、その他の家族や客人にとっては危険だらけのビックリハウスでもあるのだった。

　アントニオは日本でいうところの安保の時代を若者として過ごしてきた人である。ただその頃の彼はその手の政治的運動には殆ど参加せず、時間さえあれば機械工作ばかりしていたという。パドヴァ大学では工学部に所属していたが、学校の勉強よりも独自の開発の方に熱が入ってしまい、卒業までに長い時間が掛かった。その間、厳格な両親と暮らしていたアントニオの門限はなんと17時で、厳守しなければ家には入れてもらえなかったという。何かお願いごとがある場合は、条件として、自転車で標高1775メートルのグラッパ山まで自力で登って帰ってこなければならなかった。その場合、息子がズルをしないように、両親が車でゆっくり後ろから伴走していたという。戦時中のファシズム的教育の厳しさが彼の両親からは抜けていなかった。結婚を機にやっと自由を手に入れたアントニオではあったが、社会人としての生活にはなかなかうまく馴染まず、就職先の有名高級車の部品を作る会社では大喧嘩をして自主退社、それ以降現在に至るまでたったひとりきりでオートバイの設計をし続けてきたわけだが、独自の技術を他人に盗まれるのを怖がって完成しても市場で流通させることができず、周りの友人や知人からは「40年かけて趣味に没頭した男」と冗談交じりに貶《けな》されていた。

だから、アントニオが生まれた街から人里離れた田舎に引っ越したのには、彼なりの事情があったのだろう。家のリフォームだけでは飽き足らず、自給自足を目指して家庭菜園を作ったのはいいものの、健康のために良いと勧められた苦いケールを一面に植えて家族中の顰蹙《ひんしゅく》を買ったこともある。大量に購入した鶏も姑から毎朝の餌やりが面倒くさいと日々愚痴られ、結局全部つぶしてしまった。姑のヒステリックでアグレッシブな餌まきにストレスをため込んだ鶏たちの肉は硬く筋張っていて、ちっとも美味しくなかった。アントニオは鶏だけでは飽き足らず20羽の鴨の飼育を試みたものの、秋のある日、実家へ行くと普段彼らが泳いでいる池に一羽の姿も見当たらない。池のほとりでぼんやり佇んでいた舅にどうしたのか尋ねると、「全員飛んで行ってしまったよ……」と肩を落としている。舅が言うには、上空を通過する野生の鴨の群れに呼びかけられて、自分たちの本能に目覚めた鴨が目の前で一斉に飛び去っていったのだという。

「私を振り返りもしなかった」

今にも泣きそうな舅の顔を見て思わずその場で笑い転げそうになったが、ぐっと押し黙った。

「ほんとに何をやってもダメなんだよ、私は」と吐露するアントニオの肩を軽く叩きながら慰めの言葉を探ったが、適当な一言が思い浮かばない。「心配しちゃだめですよ」

と声をかけるが舅はしばらく黙り続けていた。

「失敗とか成功とか、私はそんなこと考えないで、ただ自分らしく生きていきたいだけなんだけどな……」

高い秋の空を見上げながらぼそりとそう呟くアントニオの瓶底眼鏡のレンズに、暮れかけの太陽に染められた橙色の羊雲が映っていた。

白いヴィオラ

　ヴァイオリン職人である臼井《うすい》満政《みつまさ》さんの新しい工房は、建物自体は以前のよりもずっと古かったが、空間としてはだいぶ広くなった。自宅も兼ねていることを思えば、広いといってもむしろ謙虚なくらいだが、私がフィレンツェにやってきた時、臼井さんはまだ中央駅に近い狭くて小さなアパートの片隅で、楽器を作っていた。「うちは狭いから人は泊められない。でも隣には連れ込み専用っぽいけど安宿があるから、嫌じゃなかったらそこにどうぞ」

　そう言われて、フィレンツェにやってきたばかりの私はしばらくその安宿に泊まりながら、留学生活用の住《す》み処《か》を探した。連れ込みの現場を見ることはなかったが、すぐそばの通りに色っぽい女性が何人か立っているのは何度も見かけたことがある。新しい工房のある通り沿いには、17世紀に建てられた由緒あるペルゴラ劇場があり、演奏会がある日はフィレンツェに暮らす裕福で高貴な出自の人々が、着飾って列を作っていた。臼井さんを知る人なら「楽器が売れるようになってよかった」と誰しも思ったただろう。とはいえ、木材や工具に囲まれながらエプロン姿で黙々と作業する臼井さんの姿は、新しい工房においても全く以前と変わらなかった。「美しく精巧で、まだ若いのに練熟した職人の技巧力」と、臼井さんの楽器を手にとる人は皆息を呑む。ヴィオラ奏者の母もそのひとりだった。美しいニスの塗り具合、細部の処理の細やかさ。それに比べて、イタリアの職人の楽器はいい音は出るくせに、どうも作りが雑なのよね、と臼井さんの新しい工房を訪れた母が愚痴をこぼした。それを聞いた臼井さんは「イタリアの車ってカッコいいけどすぐに壊れるでしょ、ああいうことですよ。でも、自分みたいな生真面目な人間には、そんな彼らの大雑把さが羨ましい時もあります」と笑顔で雑な楽器を作る仲間を庇《かば》った。

臼井さんが新しい工房に移ってから1年も経った頃、通りでばったり臼井さんの妻

のタキさんに出会った。私を見つけた瞬間微笑むも、どこか様子がおかしい。ただですら白い肌の色素が抜けて透明になってしまったかのような儚《はかな》い佇まいだった。大丈夫ですかと問いかける前に、タキさんの方が先に口を開いた。

「マリちゃん、うーちゃんが、癌になっちゃった」

タキさんの私を見つめる目の縁にはみるみる涙が溜まった。リンパが腫れていたので日本へ一時帰国した際に検査を受けてみたら、末期の肺癌であることが発覚したと

いう。悩んだ結果、入院はせずにイタリアに戻ってくることを決め、そのまま工房で作業を続けることにしたのだそうだ。タキさんにしてみれば、本当は日本の病院でできる限りの治療を受けてほしかったのかもしれないが、臼井さんはイタリアに戻ると言って聞かなかった。ふたりの間に小さな子供がいることも考えると、その決断は重たかったはずだ。

その後、私は何度か工房を訪ねたが、そこにはいつも通り背を屈《かが》めて新作のヴィオラを熱心に製作している臼井さんの姿があった。咳《せ》き込んで苦しそうだが、今までに増して緊迫感に満ちた、誰も寄せ付けない空気が小柄な体から漲《みなぎ》っていた。すっかり寒くなり、イタリア中が年末の準備に慌ただしくなり始めた頃、私はタキさんの看病疲れが心配になって工房に一緒に寝泊まりさせてもらうことにした。臼井さんは既に寝たきりで、モルヒネで痛みを逃がす毎日が続いていた。作業が途中のヴィオラをなんとか完成させたそうにしていたが、体力的に無理だった。

12月末のある日、まだ陽も昇らない早朝に私が寝ている部屋へタキさんがゆらりと現れて「マリちゃん……」と静かに私を呼んだ。寝室へ行くと、臼井さんは息を引き取っていた。「大きな溜め息を2回ついたと思ったらそのまま」タキさんは至極冷静だった。「陽が昇ったらみんなに連絡しなくちゃね」

臼井さんの訃報を聞いて工房を訪れる人々の中から、かすかに臼井さんの楽器の今後の相場を推し量る言葉が聞こえてくることがあった。あらゆる慰めの言葉に疲弊し切っていたと思《おぼ》しきタキさんの耳に入っていたのかどうかはわからない。私は臼井さんの亡骸のそばでそんな話をする連中が腹立たしかったが、同時に職人都市であるフィレンツェの、現実的な表情を思いがけず垣間見てしまったような感覚を覚えた。

残された白木のヴィオラはその後臼井さんの葬儀で追悼の曲を奏でた後、私の母が引き取った。「この上にはどんなニスが塗られる予定だったのかしら。今回はどんなふうに仕上がる予定だったのかしらね」

臼井さんらしい丁寧な精緻さで象《かたど》られた白いヴィオラに向かって、母はそう語りかけていた。

ドラギニョンのポール叔父さん

14歳の冬、1ヶ月にわたる欧州ひとり旅のスタート地点はパリだった。空港には母の友人のカルメンさんが迎えに来てくれているはずだったが、荷物を受け取って到着ロビーへ出たところで、真っ先に「マリ!?」と私に声をかけてきたのは、頭髪の薄い、見知らぬ初老のおじさんだった。日本にやってきたカルメンさんと初めて会った時の私はまだ4歳。それから10年経った私に気がつかなかったら困るからと、母のアドバイスで、あらかじめ彼女には自分の似顔絵を送ってあった。その似顔絵を送迎口で両手で広げて持っていたのは見知らぬフランス人だったのである。「これは君だね?」と強烈なフランス語訛《なま》りの英語で改めて確かめられ、私は事情を飲み込めないまま恐々と頷くしかなかった。

「私はカルメンの叔父でポールと言います」と右手を差し出し「あなたの飛行機の到着が1日遅れたので、カルメンは先にリヨンに帰りました」とのこと。「エヴリスィング・イズ・オッケー」と押し黙る私の背中を叩き、そのまま、まだ太陽が昇る前の薄暗い早朝のパリの、ポールさん一家が暮らすアパルトマンへ向かった。

家の中に入ると、奥さんと思《おぼ》しき頭に幾つもカーラーをくっつけたパジャマ姿の女性と、私よりちょっと年上くらいの若い女性がキッチンのテーブルに座って、ふたりでどんぶりに口を付けて何かを飲んでいた。フランス語で挨拶があったあと、私も椅子に座らされて彼女たちが口にしているのと同じどんぶりを勢いよく置かれた。カフェ・オ・レだった。奥さんが、片手で鷲掴《わしづか》んだフランスパンの切れ端と、チョコレートペーストを私の前にどさっと置き、食べろと言う。疲れと緊張とで今にも吐きそうな心地だったが、断る勇気が出ず、私も彼女たちと同じようにどんぶりの中の熱い液体を啜《すす》って、フランスパンを千切って食べた。

いつの間にかスーツに着替えたポールさんが慌ただしく家の中を立ち回り、奥さんから何かガミガミ叱られながら、手渡された錠剤を口の中に放り込んでいるのが見えた。会社までの道すがら私を駅まで連れていくとポールさんに言われ、私は慌ててどんぶりの残りを飲み干すと、再び薄暗い外へ出た。それが、私の1ヶ月をかけたフランスとドイツの波瀾《はらん》万丈の旅の始まりだった。

その旅から数年後、イタリアのフィレンツェで留学生活を送っていた私のところへ、母がフランス料理の調理師免許を取ったばかりの妹と訪ねてきたことがあった。妹がカルメンさんの紹介でリヨン近郊の小さな料理店でしばらく修業をすることが決まったので、一緒に行かないかと誘われ、私も急遽フランスで夏休みを過ごすことにした。

14歳の時に訪れたきりになっていたカルメンさんの家に親子でしばらく厄介になり、妹の料理店での仕事も始まったので、そろそろイタリアに戻ろうかと思っていると「せっかくだから、私たちと一緒に南仏のドラギニョンにいる叔父の家に2、3日遊びに行かない?」と誘われた。「プールもついている豪邸よ?」とカルメンさんはすっかり行く気満々になっている。「ほら、覚えてる? あなたをシャルル・ド・ゴールまで迎えに来たポール叔父さん。あの人今ドラギニョンに住んでるのよ」とにやにや笑っている。彼女の話によると、ポールさんはあのあと頭にカーラーをいっぱいつけていた奥さんとは別れ、持病をこじらせて入院していた病院で看護師をしていた女性と再婚したのだという。その人の実家がドラギニョンだったので、生まれ故郷のパリを離れて移住をしたのだそうだ。当時、パリでポールさんに出会ってからまだ4、5年しか経っていなかったが、その間にそんな展開になっていたのかと驚きつつ、新しい人生のスタートを切った老齢男性の様子を見るのも面白そうなのでカルメンさんの誘いに乗ることにした。

ドラギニョンで再会したポールさんの頭には、パリでは無かったはずの頭頂部の黒髪が風にふさふさとなびいていた。薄暗い冬のパリのアパルトマンで奥さんに怒られていた時と比べて、ポールさんはずいぶんと若返って見えた。巨大な地中海松の生えた小高い丘の上にあるその家には、定年後に移ってきたのだそうだ。新しい奥さんはポールさんよりおそらく20歳は若い、ショートカットでハツラツとした大柄な人で、我々が到着した時ふたりはプールから水着姿のまま駐車場に現れた。

最初の頃は親戚中で叔父さんを責め、軽蔑すらしていたが、本人がそうした誹謗《ひぼう》などどこ吹く風であまりに幸せそうだから、今では別れた前妻もみんな遊びに来るらしい。「結局どんな経緯があろうと、誰でも幸せな人のところに集まりたがるのよね」と、はしゃぎながら愛犬と一緒にプールの縁から飛び込む叔父さんを目で追うカルメンさんも楽しそうだった。

「今夜はバーベキューだ、花火もやろう！」とプールから上がったポールさんが顔中皺だらけにして笑っている。波瀾万丈を経て長く生きてきた人の満面の笑みには強烈な説得力がある。人生いろいろあっても、なお幸せをプロデュースできているポール叔父さんの濡れた肌が、真夏の地中海の太陽を浴びてキラキラと輝いていた。

ドロシーの引っ越し

フィレンツェで私と詩人の彼氏が暮らしていた集合住宅の1階に、ある日ひとりのドイツ人女性が越してきた。年齢はちょうど私たちと同じくらいだろうか、ブロンドの髪は短くカットされ、色気のない金縁の眼鏡越しの真ブルーの目は冷たく表情を閉ざし、共有の表玄関ですれ違って挨拶をしても答えが戻ってこなかった。嫌な感じの人が越してきたものだと、私は少しがっかりした。

ある日、私の部屋の窓の下の中庭で、例のドイツ人女性が壁の外に向かって「ジル！ ジル！」と誰かの名前をしきりに呼び続けていた。あたりを見回すと、二軒隣の塀の上を慎重な足取りで歩いている一匹のロシアンブルーが見えたので、ジルと呼ばれているのはその猫と察し、「グレーの猫なら、すぐそばまで来てます」と声をかけた。すると女性は私を見上げ、「ありがとう！」と満面の笑みで答えた。いつも見かける険しい表情からは想像のできない優しい笑顔だった。「私はドロシー」と女性は名乗り、私も自分の名を告げた。そのやりとりを機に私たちは親しくなった。

　ドロシーは10年前に結婚がきっかけでドイツを離れて夫の国であるイタリアに住み始め、離婚をして独り身になってもドイツには戻らず、そのままフィレンツェ大学で哲学の教員を続けていた。詩人と一緒になってから6、7年の月日が経ち、あらゆる苦悩に向き合わされても、フィレンツェとの繋がりを絶たれてしまう怖さに別れる勇気を持てないでいる私には、外国人としてこの街でひとりで生きるドロシーの決断と行動力が羨ましかった。

　ある日、ドロシーの家へ私が代わりに受け取った郵便物を届けにいくと、彼女よりずっと年上の男性が居間のソファに座って、猫のジルを撫《な》でているのが見えた。気難しいジルがあんなに懐いているなんて一体誰だろうと憶測を巡らせていると、その人は私を振り返り、近寄ってきて自分の名前を名乗った。握手をする手に力を込めながら「あなたの話は聞いていています、ドロシーに良い隣人がいてくれて嬉しい」と微笑んだ。その人はドロシーの別れた夫だった。郵便物を手渡すと、そそくさと家へ戻り、ドロシーと元夫の間に何かトラブルでも起きたのだろうかと、心配になった。

「私の新しい家を見にきただけよ」と元夫が帰ったあとに私の部屋を訪れたドロシーは説明を始めた。「そういう人なのよ、別れても未練があるのね。新しい妻もいるというのに」

「あなたには」と私はふと問い返していた。「未練はないのですか？」

ドロシーは黙っていた。しばらく言葉を選んでいたようだが、諦めたように言った。

「裏切られたのに、懲りてない。ばかでしょう」

その家に越して来る前の家でも、元夫とは時々会っていたという。でも再婚相手の女性にそれが判明し、大騒ぎになってドロシーは黙って引っ越さなければならなくなった。

「でも結局ここにいることがわかってしまった。きっぱり別れるのってむずかしい」とドロシーは、私に同調を求めるでもない、気弱な笑みを口元に浮かべた。それから、壁に掛かっている絵を指して「この絵の人みたいに、孤独を自分の味方にできたらいいのに」と言った。それは私が学生時代に描いた油絵で、荒い石がゴロゴロした地面を、ひとりの女性がこちらに背を向けて立ち去って行く後ろ姿が描かれているものだった。進行方向には乳白色に水色が混ざった空があるだけのシンプルな構図だ。
「あなたがその気になったら、いつかこの絵を譲ってほしい」とドロシーに頼まれ、私はその提案に同意した。

それから数年後、私は詩人との子供を妊娠した。詩人が自分で始めた商売は破綻し、ただでさえ扱いの難しい性格が更に歪んでしまって私は困りはてていた。結局、陣痛が訪れた時も詩人は家には居《お》らず、私はひとりで大学病

院へ行き、生まれてきた子供を見てやっと詩人と別れる決意をした。同時にフィレンツェから離れようと思ったのは、もしかするとドロシーと元夫の関係が潜在意識にあったからかもしれない。私は傷つきながらも惰性という甘えに傾く自分を恐れた。

　ドロシーは子供の誕生を喜び、そして私の日本へ帰る決意を褒め、寂しいと言って涙をこぼしながらも、でもこの子には、楽しそうに生きている前向きな母親の姿を見てもらわないとね、と私の肩を叩いた。私は約束通り、ドロシーが欲しがっていた自分の油絵を預けていくことにした。

　出発の朝、空港へ向かうタクシーに子供を抱えて乗り込むと、道路の真ん中でぽつんと立ったまま我々を見送っていたドロシーが、不意に背を返して家へ入っていく姿がバックミラー越しに見えた。見送る気持ちを、意図的に断ち切ったような唐突さだった。

　それから間もなくドロシーもその家を去り、ドイツに戻って家族を持ったという話をあとから知った。

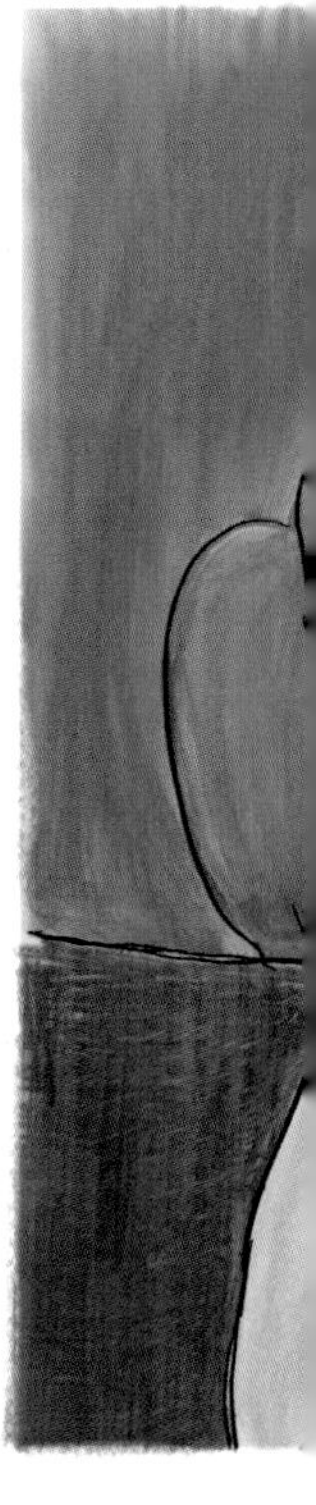

ムハンマドさんとデルス

シリアで出会った男性たちはたいていお喋りだった。中にはデコレーションケーキのようにあらゆる誇張を盛り付けたような話し方をする人もいて、聞き手は次第に信《しん》憑《ぴょう》性の高い言葉だけを拾うスキルを自然と身につけるようになる。あからさまな嘘をついておきながら、言及すると「それはそっちの聞き違いだ」などとはぐらかされることもあるからだ。

ところが、私たち夫婦が何度かシリア国内やレバノン・ヨルダンなどを巡る旅でお世話になった運転手のムハンマドさんは、驚くほど静かで謙虚な男性だった。ふくよかなお腹に短く刈られた白髪まじりの髪の毛のせいで見た目は貫禄があったが、物腰は至極慎ましかった。

そもそも運転手付きの車をお願いしたのは贅沢な旅をしたかったからではない。鉄道も発達していなければ、時には道なき砂漠を進んでいかなければ辿り着けない遺跡探索など、夫が入念に練った旅のプログラムを、定められた期間の中で巡るにはどうしても車と現地に詳しい運転手が必要だった。限りある予算の中で代理店に工面してもらって雇うことができたのがムハンマドさんだったわけだが、外国人である我々にとってシリア人が同行してくれることが何より心強かった。

ムハンマドさんの運転する車は何世代か前のカローラだった。古いけど、隅々まで入念に手入れがされており、自らの職業への誇りが顕《あらわ》れていた。当時9歳だった息子のデルスがこの車のリアシートから顔を覗かせて笑っている写真が残っているが、運転席の窓からそんなデルスを振り返っているムハンマドさんの顔にも優しい微笑みが浮かんでいる。彼は、歴史と遺跡で頭がいっぱいになっている親たちに仕方なく同行しているデルスを慮《おもんぱか》って、何かと世話を焼いてくれていた。

ヨルダンとシリアの国境付近にあるとある遺跡を散策していた時、ムハンマドさんが古代ローマ時代の神殿の写真の撮影に没頭している私たちを呼びに走ってきたことがあった。デルスが転んで足に大怪我を負ったというので、大慌てで駐車場に戻ってみると、デルスはすりむいた膝小僧を、ミネラルウォーターを浸したハンカチで拭いているところだった。私たちを見るなり、ちょっと転んだだけだよ、べつに戻ってこなくてよかったのに、とあっけらかんとしている。「だってムハンマドさんがデルスが大怪我したって言うから」と息を切らせたまま答えると、ムハンマドさんはしらっと背をこちらに向けてタバコを吹かしていた。

その後、夫が目的地として訪ねる予定にしていたヨルダン川流域では、シリア人であるムハンマドさんには通行許可が下りず、急遽ルートを変更しなければならなくなった。恐縮するムハンマドさんを夫がアラビア語で何度も慰めるが、彼は黙り込んでしばらくは一言も発しなくなってしまった。私たちの想像力では補えない様々な思惑が彼の頭を満たしているのが伝わってきたが、そんなムハンマドさんがようやく笑顔を見せたのは、死海沿岸についた瞬間デルスが大喜びで水の中に駆け込み、とたんにびっくりしたような大声を上げて岸に戻ってきた時だった。死海の高濃度の塩水が膝の傷に染みて痛い痛いと跳ねている。ムハンマドさんはそれを見て笑いながら、シャツのポケットから取り出したハンカチでデルスの膝を拭き取り、包帯のようにそれを巻いた。「このハンカチが濡《ぬ》れない高さまでなら大丈夫だよ」そう言って靴を脱ぐと、デルスの手を取って一緒に死海の水辺へ入っていった。

ムハンマドさんはデルスをまるで自分の子供か孫のように可愛がってくれたが、途中立ち寄った店の土産物屋で可愛らしい人形を買い求めているのが目に留まり、夫がご家族へのお土産ですかと問いかけたことで、彼にもデルスと同じくらいの年齢の孫がいることがわかった。目が大きい色白の可愛い女の子だが、心臓に疾患があって、もうずいぶん長く病院に入院しているのだという。私たちは気の利いた言葉も返せずに押し黙ってしまったが、ムハンマドさんもそれ以上自分の家族について語ることはなかった。

旅を終えてダマスカスの家へ私たちを送り届けたあと、ムハンマドさんは帰り際にデルスをしっかり抱きしめて、寡黙な人が一言二言デルスの耳元に何かアラビア語で言葉をかけた。何を言ったのかはその時も、そして彼の所在が全くわからなくなってしまった今も知るすべはない。ただ、今でもデルスはムハンマドさんが遺跡で転んだ自分を真っ先に起こして膝の汚れを拭い、私たちを呼びに必死で走ってくれた姿が脳裏に焼き付いているらしく、ムハンマドさんはどうしているかな、と時々懐かしさと寂しさが交差したような表情で思い出している。

アレッシオとリー

白い空と枯れ木だらけの寒々とした雑木林を背景に佇む、がっしりとした白髪の老人。しばらく周囲を見廻したあと、不意にその場へしゃがみ込み、足下から掬《すく》い上げた土をじっと見つめている。その後、場面は古い家屋の薄暗い光の中で、粘土を捏《こ》ねる老人の姿へと転換する。ああ、陶芸家だったのか、と視聴者はそこで気がつくという流れになっている。

2011年のヴェネチア映画祭で、短編ドキュメンタリーとして紹介されたこの作品の主人公アレッシオ・タスカは、私の夫の大叔父にあたる。私が14歳の欧州ひとり旅の最中、ブリュッセルの中央駅で出会い、後に美術の勉強ならここしかないとイタ

alessio Tasca e Lee Babel

リアへ呼びつけたマルコの弟だ。

2020年の1月半ば、夫から「アレッシオが亡くなった」という連絡があった。肺炎を拗《こじ》らせたらしいが詳しいことはわからない。この間までは元気だったのに、と夫の声は親族の死を悲しむというよりも、映画かドラマの劇的な顚末を語っているかのような調子だった。

90歳を超えても、ヴィチェンツァ郊外にある丘の森の中の古ぼけた一軒家で、10歳年下のパートナーとふたりきりで気丈に暮らしていたアレッシオだったが、去年の夏に会った時は、目が殆ど見えなくなっていた。粘土を捏ねられなくなったことよりも、本を読めないのが辛いんだ、と落ち込んでいるのが気の毒だった。本が読めなくなる辛さというのは私にも響く言葉だった。「それは辛いことですね……」と慰めにもならない言葉を返すと「ところで、あんたの描いた、姪の家族の愚痴漫画（『モーレッツ！イタリア家族』）も眺められなくなって、つくづく残念だよ」と、いきなりやんちゃな笑顔を浮かべた。いつものアレッシオの顔だった。「よくあんな風刺漫画を描く勇気があったたな！」皮肉なのか称賛なのかわからない言葉に「いいじゃない、マリがそれで楽になったんだったら。異文化圏の家族を持つことは大変なのよ」と答える、白髪を後ろで束ねたパートナーのリーも、ドイツ出身の陶芸家である。ふたりは婚姻をせぬまま、50年近く共に過ごしてきた。

陶芸家の家系に生まれたアレッシオは、戦前戦後、3人の兄弟とともにヴィチェンツァ郊外にある父親の工房で職人として働き続けていたが、1950年代後半からは新進気鋭の陶芸家として着目されるようになっていった。一方、兄のマルコは父親の工房を引き継ぎ職人としてよりも陶器のビジネス面に携わるが、芸術家としての道を進み、国内外で賞賛されるようになっていった弟への嫉妬は生涯払拭されることはなかった。

マルコの嫉妬は、弟の才能に対してだけではなく、リーという若手の女性陶芸家との禁断の恋へも向けられていたようだ。若い頃からハンサムで浮気癖のあったマルコもまた、子供たちが小さかったうちから妻に三行半《みくだりはん》を突きつけられ、その後様々な女性との出会いや別離を繰り返しつつも、特定の誰かと一緒になることはもうなかった。しかし、自分と同じような経験を経てきたはずの弟には、人としても、そして表現者としても単に女性である以上のものを持った、リーという存在があった。それもまたマルコの悔しさの要因の一つだった。

マルコは賑やかな人だったが、孤独との付き合いが苦手な人でもあった。結局アレッシオとの関係は修復されないまま亡くなってしまったが、アレッシオがマルコの話をすることは殆ど無かった。

森の中でのアレッシオとリーの暮らしは文明の便宜性からかけ離れていたが、それは世の中の時間の流れに圧迫されて過ごしたくないというふたりの意思によるものだった。リーはパンも自分で焼いていたし、食事も自分の菜園で作ったものを料理し、自分たちの作った陶器に盛り付けて食べていた。究極のロハスとも捉えられるが、病状が悪化したアレッシオに栄養のあるものを食べさせなかったこと、そしていち早く病院へ連れていかなかったことで、リーは親族から散々非難されたらしい。

かつて私はリーに「アレッシオと一緒になったのは、表現者としての心地良い触発が欲しかったから。あなたは画家だからわかるでしょう」と語りかけられたことがあった。「でもそんな姿勢は、未だに女性は男性を支えるという風潮が残っているイタリアでは、なかなか受け入れてもらえない。イタリアはそういうところが遅れているのよ」と。

アレッシオの短編ドキュメンタリーでは、リーの声が途中からナレーションとして加わる。映像の中でひたすら土と向き合うアレッシオの姿を見つめつつ、自分の作品も手がけるリーの、時には彼の才能への嫉妬すら感じて苦しんだという言葉に、誰かに同調や理解を求めるでもない、ひたむきな愛情と敬いが込められていた。

ハルさんの葉書

　1970年代半ば、母がヴィオラ奏者として所属していた札幌交響楽団は、海外や国内、そして本拠地である北海道内でも精力的に演奏活動を行っていた。大きなホールがない場所であっても学校の体育館や屋外でコンサートを開くというその勢いは、クラシック音楽の生演奏などとは無縁の地域における、文化の開拓事業と捉えてもおかしくなかった。

　そして、そのような演奏旅行の回数が増えていけばいくほど私と妹の留守番の頻度も増した。高度経済成長が衰えつつあったあの頃、家庭を持ちながらも就労する女性が珍しくない時代へと差し掛かってはいたが、母の場合は音楽という特殊な職業を持ったシングルマザーであり、しかも既に離婚していた夫の母親との同居が、当時我々が暮らしていた団地の界隈で異質さを際立たせていた。

演奏家という職業の選択と、東京から北海道への移住を決めた母の意思を理解してくれた最初の伴侶は一緒になって間もなく他界してしまい、その後再婚した男性も海外住まいで結局その結婚生活も長続きはしなかった。型やぶりな生き方に対する周囲の好奇な干渉を気に留めるでもなく、世間体の縛りなど全く意識に無いような母の前向きな天真爛漫《てんしんらんまん》さは、かつての育ちの良さの顕れだったとも言えるが、時には頼る人のいない心細さに落ち込むこともあったはずだ。私たち姉妹が夜にふたりだけで銭湯や買い物へ行く姿を目撃した団地の住民から「誘拐されてもいいんですか！」などと強く怒られたこともあったらしい。そんな時、別れた夫の母親であるハルさんは、母の強い味方についてくれる人だった。母が夫と別れても義母との暮らしを望んだのは、ひとりの女性として、そしてひとりの人間として、ハルさんを心底から敬っていたからだろう。

ハルさんのことは今までにも何度か文章にしているし、私の自叙伝的な漫画の中にも登場するが、彼女について私が知る情報は少ない。樺太《からふと》の生まれであること、白系

ロシア人の血が入っていること、夫とは死別し、その後北海道へ移ってシングルマザーとして女手一つで子供を育ててきたということ。母よりもずっと前の時代に、親族も無い北海道という土地へやってきて、誰にも頼らず自分ひとりの力で生き抜くのにまっしぐらだったハルさんの姿勢に、母は強い共感を覚えたに違いなかった。

結婚はしたものの大手建築会社専属の通訳という仕事柄、海外赴任ばかりで滅多に会えないハルさんの息子との離婚を決めた母だったが、他に行き場所のないハルさんには同居の継続を勧めた。私や妹の保育園や小学校低学年時代、運動会や学芸会などで撮影された父兄との集合写真の多くには、母ではなく着物を身につけたエキゾチックな顔立ちのハルさんが写っているが、オーケストラの忙しさが尋常ではなくなりつつある中で、娘たちにもすっかり懐かれているハルさんとの同居は母にとってもありがたかったはずである。

ところが、ある静かな冬の日、ハルさんが置き手紙を残して姿を消した。親族ではなくなった立場で、一緒に暮らし続けるのは申し訳ないし、世間からもいろいろと言われる可能性がある。だから今後はわたしひとりでなんとかします、といった内容の手紙だったようだが、母は「ハルさんがそう決めたのなら仕方がない」と、ハルさんの行方を心配がる娘たちとは違って、その思いがけない顚末をあっさりと受け入れていた。

それから半年ほど経った頃、夏休みの最中にハルさんから一枚の葉書が届いた。母はその葉書を読むなり、血相を変えたように私たち娘ふたりを自分の車に乗せて、岩見沢という街の小さなアパートに間借りしているハルさんを迎えに行くと言い出した。ハルさんから送られてきた葉書には短い近況が記され、最後に「また皆さんと一緒に暮らしたい」という一言が添えられていたからだ。

漢字が少なく歪んだ筆跡が子供心にも切なかったが、母にしてみれば気丈にひとりで人生を突き進んできたハルさんの弱音に、居ても立ってもいられなくなったのだろう。ハルさんは癌を患ってその翌年に亡くなるが、それまでは再び私たちと一緒に団地で暮らし続けた。ハルさんの最期を看取ったのも母だった。病院に入院していたハルさんは、私たちの顔を見ても誰なのか判別できない状態だったが、母のことだけは認識していたようで、「リョウコさん、ありがとう」とかすかな声で伝えていた。母はそれに対し「こちらこそ」と、ハルさんの節くれだった皺だらけの手を握った。

今でも、真っ青な空が視界の果てまで広がる夏の北海道の道を、岩見沢に向けてハンドルを握る母の目線の先に、どこまで行っても追いつけない逃げ水が浮かんでいた光景を鮮明に覚えている。世間体や常識の向こう側に行かなければ出会うことのない、かけがえのない人もいるのだということを、私はあの時知ったように思う。

パドヴァの雑貨屋

一見しただけでは、何を売る店なのか良く判らない。ウィンドウの埃をかぶった陳列棚には靴紐や髭剃《ひげそ》り用フォーム、犬のリードといった商品が放り投げられたような乱雑さで並べられていて、店の無愛想な印象を際立たせていた。どこからどう見ても商売っ気というものは感じられない。にもかかわらず、パドヴァの中心地に暮らす人々が、ちょっと何かが必要な時に必ず思い浮かべるのは、その雑貨店だった。

店の主人はもうとっくに引退年齢を過ぎていると思しい老人で、欲しい物を伝える時ははっきり大きな声を出さなければ伝わらない。ただ、老齢であることを慮るような態度を取ると気を悪くする、気難しい人だった。

店は街の中心地の大きな広場に面していた。その店で買えるものは、正直スーパーマーケットでも簡単に入手できるものばかりだが、食料品であろうと何であろうと、家族代々行きつけの小売店で調達するのを好むイタリア人は少なく無い。馴染みの店であれば店の人から商品の説明を直接聞くことができるし、不良品であれば正面から苦情を伝えることもできる。ついでにそこに集う他の客とちょっとしたお喋りも楽しめる。午前中になると広場には青空市場が立ち、新鮮な果物や野菜などを調達に来たパドヴァ市民で賑わうが、彼らにとってこの古い雑貨店は重宝していた。

店内に入ると、頭髪用のブラシやパッケージが色褪せた石鹸の箱が並ぶガラス棚の上に広げた新聞から迷惑そうに顔を上げ、何かを頼めばただ黙って店の奥へ行ってその商品を取り出してくる。埃をかぶっていれば、ふっと一息かけて、そのまま袋にも入れずにお客に渡して黙ってレジを打つ。以前、小型のペンチを買うのにこの店に入った時、2種類差し出されたので「どちらがおすすめですか」と問い質してみたところ、「知らんよ、どれもこれも同じさ」とつっけんどんな返事が戻ってきた。商品を売って生計を立てている人の態度ではないわよね、あれじゃ、と、主人が店の奥に姿

を消した瞬間、隣にいた年輩の女性客に耳打ちをされた。しかし、彼女は口元に笑みを浮かべて「でも、そこがいいところなんだけど」とでも言いたげな表情だった。

私の夫はこの店の主人が苦手だったが、ここで売っているものを彼も敢《あ》えてスーパーで買うようなことはなかった。主人の態度がどんなにふてぶてしかろうと、夫はこの店で売られているようなものは極力ここへ買いにくる。閉店の知らせを聞いたのも夫からだった。家にある先祖から受け継いだ古いテーブルに虫食いの跡を見つけ、慌てて虫を除去する薬をこの雑貨屋へ調達

パドヴァの雑貨屋

に行ったら、主人の口から店舗を売り、本人も商売から引退することを直接告げられたのだという。理由までは聞けなかったというが、少なくとも若い世代の人たちは、スーパーマーケットで調達できるようなものを、客を敬う気配もない無愛想な老人が主人を務める店までわざわざ買いには来ない。

閉店を知って、私も夫もなんとも虚《むな》しい寂しさに見舞われた。パドヴァの街中から姿を消して行ったむかしながらの店は数知れないが、とうとうあそこもか、という残念な思いをなかなか消化できなかった。そもそもパドヴァという街はヴェネチアやフィレンツェのように観光で食べている街ではないから、小売業者は店の見てくれや印象に意識を囚《とら》われることはなく、むかしからの馴染みの客が時々来てくれればそれで良かった。しかし、イタリアの経済事情は、そんな猶予のある商売をもう許してくれはしない状況に陥っていた。

その数日後に何気なく店の前を通り過ぎると、珍しく扉の外に出て、晴れ渡った空を見上げている主人の姿があった。そこで立ち話をしているふたりの若い女性の乳母車の中を覗き込み、赤ちゃんに対して何かを囁《ささや》きかけている。何を言ったのかはわからないが、主人の眼鏡のフレームの脇には細かい笑い皺がたくさん刻まれていた。主人の笑顔を見たのはそれが初めてだったが、意外な気持ちにはならなかった。主人の無愛想さの向こう側にその表情があることを、私だけではなく彼と接してきた客の誰もが知っていた。

現在、その雑貨店はすっかり改装されて古き佇まいは払拭され、女性もののアクセサリーを売るチェーン店となった。乱雑な商品と埃っぽさ、そして客に対してにこりともしない耳の遠い主人。〝無骨〟という極上の愛嬌《あいきょう》に接することができたあの日々を今も時々懐かしんでいる。

象の灰皿

キューバ本島のすぐそばを通過していったハリケーンの影響で、ガラスの入っていない部屋の窓からは、獣の遠吠えのような音とともに乱暴な風が吹き込んでいたが、私の寝袋の隣に置かれたシングルベッドの上では、3人の子供たちがすやすやと心地良さげな寝息を立てていた。前の夜は計画停電がいつもより早めに始まってしまい、外の方が明るいからと、家の中にいた家族は皆近くの広場まで出て、ずいぶん遅い時

象の灰皿

間まで、やはり同じ理由で集まってきた近所の人々とお喋りをしたり、音楽を奏でて踊ったり、子供たちは走り回って遊んでいた。おそらくはしゃぎ過ぎて疲れてしまったのだろう。

ソ連の崩壊から2年、中南米における唯一の社会主義体制国家キューバは、当時米国などから経済制裁を受けて困窮状態に陥っていた。日々の計画停電もなけなしのエネルギーを保つための政策だが、物資の輸入も途絶えてしまったので乾電池やロウソクのような代替品も全く手に入らなかった。ハバナの小学校にノートや鉛筆などを届け、燃料不足で動かなくなった重機の代わりにサトウキビを収穫するというボランティアが目的で、当時暮らしていたイタリアからキューバを訪れていた私は、市内にある15人家族の家に居候をしていた。

公務員をリタイアした主人は、普段はバルコニーの古い椅子に腰掛けて、日がな一日新聞や本を読んで過ごしていた。元教師の妻は筋肉質の体に弾《はじ》けるような躍動感を漲らせた女性で、家の中に暮らす嫁3名と出戻りの娘とともに、配給で手に入るだけの僅かな食材に工夫を加えて様々な料理を編み出していた。使える皿は一家に3枚しかないから、15人で食べるためには5回のルーティンに分けなければならない。足りないのは皿だけではない。トイレには便座もなく、シャワーはヘッドのついていない粗末なビニールホースを代用していた。

「まだ屋根と壁のある家に全員が暮らせるだけでも幸せだ」と、革命前のキューバを知る主人は節張った指先で摘《つま》んだ葉巻をちびちび吸いながらそう呟いた。識字率ほぼ100％、キューバではどんな田舎の老人も、美しい筆記体で文字を記した。医療も教育にもお金はかからない。「ちょっとした病気で人が死んでいた革命前と比べたら、我々の命は確実に尊ばれている」と国家の役人を務めていた人らしく、主人の言葉には現状の侘《わび》しさを払い除《の》けるような勢いがあったが、俯いた表情には憂いが入り混じっていた。

とある日の夕方、ベランダで子供たちと絵を描いて遊んでいると、ふと脇のテーブルに置いてある灰皿に目が止まった。象の形をした可愛らしい陶器の灰皿だが、主人が葉巻を燻《くゆ》らす時に使っているものだった。殺伐としたその家の中で、色といい形といい際立った存在感があった。これかわいいですね、とベランダに出てきた妻に伝えると「お父さんと新婚旅行に行った時サンティアゴで買ったのよ。何故だかそれだけ壊れないで残っているの」と、愛おしそうな目を灰皿に向けたまま微笑んだ。

話し込んでいると、家族の中で唯一アフリカ系の5歳くらいの少年が近づいてきて私の膝に乗った。人懐っこいその子は一家の長男の2度目の妻の連れ子だということだが、血が繋がっていないことなど全く誰も気にしていない様子だった。私の膝に座ったまま、とっくに食べ終えてしまったイタリア土産のチョコレートの包み紙をシャツの胸ポケットから取り出すと、そこに残っている匂いを思い切り吸い込んだ。私の鼻にもあてて「おいしいにおいがするからかいでごらん」と小さな顔を笑顔でいっぱいにし、その後主人の鼻先にも「おじいちゃんもほら」とくしゃくしゃになった紙を押し付けた。主人は大袈裟な仕草で鼻にあてがったその紙から匂いを吸い込むと「あいいにおいだ」と笑ってみせた。

帰国の日、空港のロビーで私を呼ぶ声に振り返ると、朝別れてきたばかりの一家の長女が子供たちを連れて、こちらへ向かって走ってくるのが見えた。私の前で立ち止まると息を整え「大したものじゃないんだけど、これキューバと私たちの思い出に渡してくれって両親から」と新聞紙で包まれたものを差し出して私の両手で摑ませた。

「でも恥ずかしいから飛行機の中に入ってから見てほしいって」

再び子供たちと熱い抱擁を交わし、たくさん手を振って別れてから飛行機に乗り込んだあと、言われた通りに、離陸後しばらくしてから新聞紙を開いてみた。包みの中から現れたのはあの象の灰皿だった。綺麗に洗ってあるが、ところどころ主人が吸っていた葉巻の焦げ跡が残っていた。私は狭いシートに座ったまま、体を屈めてしばらくの間誰にも気がつかれないように、黙って泣いた。

シチリア一家

ヴィア・ボロニェーゼはフィレンツェとロンバルディア州の都ボローニャを繋ぐ古い街道である。フィレンツェ・ルネサンスを支えたパトロンである銀行家メディチ家の出自も、実はこの通りをずっと北部に進んだ山あいにあるし、かつて北部とフィレンツェを結ぶ道として、様々な人々や文化がそこを往き来してきたはずだが、そんな重要な歴史的背景を感じ取るのが難しいほど道幅は狭く、先へ進めば進むほど山道らしいうねりが続き、歴史のある道として行政から特別扱いを受けている気配もない。フィレンツェ寄りには幾つか由緒ある屋敷が建ってはいるが、今では道沿いにある小さな村や町に暮らす人々が日常的に利用する、目立たない国道の一つでしかなかった。

学生だった私と当時同棲していた詩人がこの街道沿いにある小さな村に引っ越すことになったのは、フィレンツェの都市部の家賃ではとてもやりくりしていけなかったからだった。オンボロの中古車を購入し、フィレンツェと村を毎日往復したとしても、フィレンツェで同じ広さの家を借りるよりははるかに安上がりだった。あまりに人口が少な過ぎて、大きな教会や、イタリアの街としての特徴である広場もないような道沿いの寒村だったが、友人や知人の家に後ろめたい心地で居候をすることを思えば、そんなことは大した問題ではなかった。

借りた部屋は戦後に建てられた中途半端に古い建造物の2階で、1階には村の男どもが集まる殺伐としたバールがあった。当時はまだ東洋人が珍しかったのか、外のテーブルでカードをしている男どもは私がその前を通り過ぎると一斉にゲーム中の手を止め、宇宙人でも目の当たりにしたかのような目で私を凝視した。それは、小さなコミュニティにおける〝よそ者〟としての自覚を強いられるような息苦しい瞬間だった。

我々の上の階には、やはり〝よそ者〟であるシチリアからの慎ましい移民一家が暮らしていたが、家に足りないものを借りたりしているうちに、度々この家族から食事に招かれるようになった。よそ者である我々を、同じくよそ者という立場で気にかけてくれているのだろうと、詩人も私もありがたくこの家族の好意を受け入れた。特に奥さんが自慢のピッツァを焼く時には必ず声がかかった。生地の分厚い、腹持ちのするピッツァだったが、奥さん曰くそれがシチリア流の真骨頂であり、生地のしっかりしたアメリカのピッツァは、もともとシチリア移民が普及させたものだそうだ。アメリカに移民した祖父母の子孫たちは、イタリア語も話せないのに家では今でもこれと同じピッツアを焼き続けているのよ、と得意そうに話をしてくれた。

この家の玄関には高さ1メートルくらいの、大理石製のマリア像が置かれていた。それは石工職人である主の作品だった。主はかつて親族のつてでアメリカへ渡ったが、馴染めなくてシチリアへ戻ってはきたものの働き口が見つからず、20年前にトスカーナへ移住を決めたのだという。

「このマリアはお客に頼まれて彫った墓の装飾でしたが、料金が支払えないというから手渡すことなく、ここに飾ることにしたのです」と、シチリア方言の抜けないイタリア語で静かに呟く主は、私がいくらその彫刻を褒めても「いやいや、これは単なるしがない職人の仕事ですから」と小さな体を屈めて照れるばかりで、アメリカの社会に馴染めなかったという妻の言葉には素直に納得ができた。とはいえ、このマリア様

mari Yamazaki

はフィレンツェのアカデミアの先生が彫った作品よりずっと素晴らしいですよ、と言うと、主はそれまでじっと伏せていた顔を諦めたかのように私に向けた。

「ご存じでしょうけど」といったん言葉を切って「かのミケランジェロも古代ローマの彫刻を見てダヴィデやピエタを彫ったでしょう。わたしの故郷はかつてギリシャの植民地でしたから、子供の頃から出土される古代の立派な彫刻はいくらでも目にしてきたのです」と繋いだ。そして再び視線を下に落とすと、一言「つまり、歴史がわたしの師匠でした」と呟いた。

その言葉には、私のありきたりな褒め言葉などいとも簡単に振るい落とされてしまうような、崇高な誇りが漲っていた。イタリアに暮らすようになって初めて、ルネサンスの精神性を継承する表現者に出会えた気がして胸が高揚した。その場に一緒にいた詩人もその言葉を聞いて、少しの間黙り込んでいた。

翌年、私たちはフィレンツェに安いアパートを見つけて引っ越してしまったので、この家族との交流もそのまま途絶えてしまったが、あれからどんな芸術家と接することがあっても、あのシチリアの石工職人の主に対して感じたような圧倒的な敬意が私の中に芽生えることは未だにない。

リスボンの学校と穴のあいた靴下

リスボンで暮らすことを決めた家はその当時で築80年、探せばもっと新しい物件もあったはずなのだが、徒歩5分の至近距離に息子が通うことになる小・中学校があったことが大きな決め手となった。ポルトガルがアウェイである我々家族にとって、社会と家族の距離が阻まれないことは大事な生活条件の一つであり、小学校では送り迎えが義務付けられていたから、そういう意味でも家が学校に近いのはありがたかった。

引っ越しが済み、息子がその近所の現地校に編入した初日、下校時間、校門の前で待っていると、両手をお腹にあてながら苦しそうな顔で校舎から出てくる息子の姿が見えた。どうしたのかと聞くと「でかい子供にいきなり蹴られた」という。詳しく話を聞くと、お昼休みが退屈だったので、いつも作っている折り紙のスペースシャトルを折っていたら、クラス中の子供たちが集まってきて大騒ぎになったという。でも人数分作ることができなくて、その腹いせにやられたのかもしれないとのことだった。確かにクラスのボスにとって外国人の新参者は何かと癪《しゃく》に障る要因となるだろう。とはいってもいきなり自分の子供の腹を蹴った子供への私の怒りは収まらず、翌朝息子を学校へ送りがてら「退治してやるからどいつか教えろ」と息子に問うも「お願いだからこれ以上ぼくの問題をふやさないで」と阻止された。仕方がないので担任の教師のところまで行って、今後そのようなことがあると困るので、その子供の親と話がしたいという旨を伝えた。教師は困惑した表情で「あの子の父親は今服役中で、母親も働いていています。だから日中は保護者は家にいないのです」とのことだった。「学校でも手を焼いている落第2年目の問題児なんです。6人の兄弟がいるので、あの子にとって同級生を蹴ったり叩いたりするのは日常茶飯事なんです……」そう言って、管理の目が届かず申し訳なかったと謝罪した。私の憤りもその事情を聞いたとたんすっかり萎えてしまった。

実は引っ越しをした当初、同じアパートの住民から子供はできれば公立の学校には

入れない方がいいという提案をされていた。その人から自分の娘が通っている修道会経営の立派な私立学校を紹介してもらったので面接にも行ったが、旧植民地だった国々から多くの移住者を受け入れているポルトガルの学校であるにもかかわらず、生徒が全て白人だったことに私も夫も釈然とせず、近所の公立校に行かせることを決めたのだが、息子の一件を通じてポルトガルのシビアな側面が見えてくるような気がした。

しかし、意外にも息子はすぐに開き直った。折り紙のおかげで友達もできたし、問題児も担任から注意を受けたらしく、それ以上虐めてくることはなくなったという。何より、何かあれば駆け込める家が近くにあるという安心感は大きかったはずだ。

その年の10月、私はそれまで一度もやったことのない息子の誕生会を企画し、クラスの生徒たちを招待することにした。最初は来ても数人くらいだろうと思っていたら、次から次へと我が家のブザーがなり、気がつくとクラスの殆どの子供が集まっていた。彼らは玄関を跨《また》ぐなり、脇の廊下にずらりと並べてある我々家族の外靴に目を留め、即座に自分たちも靴を脱ぎ始めた。

「あなたたちは大丈夫、これは日本人の風習だから、みんな靴のままでどうぞ」と声をかけるも「大丈夫です、セニョーラ」と、皆脱いだ靴を律儀に揃えて並べている。大航海時代にあらゆる国々との交流を達成させた先祖のDNAなのだろうか、彼らの異文化環境に対する適応力のしなやかさは悉《ことごと》く感動的だった。

子供たちのあまりのはしゃぎっぷりにアパートの床が抜けるのではないかと心配していると、かつてデルスのお腹を蹴ったあの問題児の少年がやってきた。私は焦ってデルスを一瞥するが、全く気にしている様子もない。少年は「ご招待ありがとセニョーラ」と私に丁寧な挨拶をして玄関を跨ぐと、やはりそこに並んでいる靴を見て惑うこともなく自分の埃まみれの靴を脱いで並べた。少年の両靴下のかかとと親指には大きな穴があいていた。しかしそんなことなど構いもせず、皆が群がっているテーブルに近寄っていくと、そこに並んでいたお菓子を幸せそうな表情で頬張り始めた。子供たちは夕方近くまで騒ぎ尽くし、靴を履き直してそれぞれの家へと帰っていった。ベランダから子供たちを見送っていると、石畳の上を足早に、たくさんの兄弟の待つ家へと戻っていく問題児の少年の後ろ姿があった。

先日、たまたま息子とこの問題児の少年の話になったので、今はどうしているのかなぁと懐かしげに呟くと、速攻で「今ではふたりの子供の父親だよ」と告げられた。ネットを介してとはいえ未だに関係が繋がっていることに驚いていると、携帯のSNSにアップされている彼の写真を私の前に差し出した。髭も生えてすっかり貫禄がついてはいるが、そこはかとなく腕白だった少年時代の面影が残っている。可愛らしく微笑むふたりの小さな女の子を両膝に抱え、照れ臭そうにはにかんでいた。

パドヴァの家――あとがきにかえて

私と夫がパドヴァで暮らしている家は、この街がかつてベネチア共和国の統治下にあった時代に建てられたもので、築年数は450年を超えている。立派な梁《はり》のある天井までの高さは4メートル近く、中心には舞踏会でもできそうなくらい大きな居間があり、その左右にそれぞれ一つずつ部屋が配置された典型的なベネチア様式だ。

その左右の部屋の一部屋は夫の仕事場、もう一部屋は私の仕事場として使っているが、全体で200平米以上の広さはあっても、部屋数が少ないので客人を泊められるような仕様にはなっていない。息子が遊びに来た時などは、この広い居間の片隅にあるソファーをベッドとして使ってもらうが、空間が大き過ぎて落ち着かないというので衝立《ついたて》を使うことにした。日本ならこれだけの広さがあれば3LDKのマンションが二つは設けられるはずだが、イタリアではここまで古い家になってくると、歴史的建造物という扱いにもなるのでリノベーションはせず、たとえ使い勝手が悪くても、長い間人間の暮らしを包み続けてきたその家へのリスペクトとして、住人側が過去の様式に適応するようになる。

そもそも私たちが借りているこの家は4階建ての大きなお屋敷の一部であり、現在も一族が親子3世代でフロアーを分けて暮らしている。我々の階下には家主の老婦人がひとりで暮らしているが、この家は基本的には彼女の夫の家族が何世代にも渡って所有していたものだという。

ベネチアの有名な商家に育った彼女は、少女時代をスイスの学校で過ごし、第二次世界大戦後、家族に決められるかたちで、パドヴァの名家の出自である男性のもとに嫁ぐことになった。その夫との間に3人の子供を儲け、そのうちのふたりは今もこの屋敷の中でそれぞれの家族とともに暮らしているが、親子の仲はお世辞にも良いとは言えない。私と同じ年齢の娘が暮らす階上からは、時々母親と言い争う彼女のヒステリックな声が響いてくることもある。

夫人によると、政府の某官僚の専属弁護士だった夫とは結婚当初から関係がうまくいかず、早いうちから家庭内別居状態にあったそうだ。仲の悪さは当然同じ屋根の下で暮らす子供たちにも負担となっていたに違いない。夫人はなんとか自分で精神面での健やかさを補填できないかあらゆる手段を試みたそうだが、やがて、彼女はスイスでの留学時代に身につけた登山への情熱を北イタリアに連なる東アルプス山脈の山々に向けるようになり、休みがあれば子供たちを連れて、またはひとりでパドヴァを離れて山登りをするようになっていた。そんな日々が何年も何十年も続いたある日、単独でドロミテ山塊を登っていた途中、ひとりの地質学者と知り合った。イタリア人で初めてK2登頂に成功したグループの一員でもあり、パドヴァ大学で教鞭《きょうべん》を執る地質学者であるこの男性と夫人は意気投合し、以後時間さえ許されれば一緒に山登りをするようになる。夫人は、自分の夫と違って寛大かつ広い世界に向けられた視野を持ったこの地質学者に本気で惹《ひ》かれるようになり、この人と一緒にいられるのなら、いくらでも長生きがしたいと思ったほどだと言う。

しかし、双方とも既婚の身であり、カトリックという倫理で成り立っている社会においてふたりの関係は許され難いものだった。当時のイタリアでは余程の理由でないかぎり離婚は社会的に認められてはおらず、そんなことを決断しようものなら一生社会から歪んだ目で見られることを覚悟しなければならなかった。しかし夫人は、そうした条件を踏まえても、自分の感情を抑え続けていることに堪え兼ねて夫に離婚の提案を持ち掛けることにした。「それで何もかも崩壊しても、自分の本心を隠し通しながら生きていくよりマシだと思った」のだそうだ。無論彼女の告白は誰にとっても衝撃であり、そんな一方的な要求は容易には許されるべきことではなく、子供たちを含む一族全体が大パニックに陥った。夫人は家族だけではなく親族からも、そして子供たちからもあからさまに軽蔑された。今でも同じ一つ屋根の下に暮らしながらも、この家族の仲が悪いのはそうした過去に起因しているからだ。

その後どのような紆余曲折があって今に至っているのか、私も詳しくは聞いていないので判らない。ただ我々がこの家に引っ越してきたその年、長い闘病生活の末、彼女の家で亡くなって棺に入れられていたのは、彼女の夫ではなく地質学者だった。

弁護士の夫はもう遡ること何年も前に他界したらしいのだが、娘の話によると地質学者は自分の離婚が成立した直後、まだ自分の父親が生きている時に移り住んできて一緒に暮らしていたのだという。つまり、最終的に夫人の夫は妻とその愛人とともに同じ家に暮らすことを認めたということになる。不可解な顔をしている私に娘は「この家は母も父もみんな頭がおかしいのよ」と深い溜め息をついた。

地質学者の葬儀に参列した大聖堂にはパドヴァ大学の教師たちやかつての教え子たちが集まって、K2の初登頂も含め地質学の歴史上大きな功績を残した人物の死を惜しんでいた。そんな中、夫人は大振りのサングラスで表情を隠し、礼拝堂の一番前の席でたったひとり、凛と背中を伸ばした姿勢を保ったまま、真っ直ぐに棺を向いて座っていた。彼女の佇まいは、自分の築いてきた人生に対し誰からの干渉も一切受け入れない、圧倒的な孤高だった。

建てられてから500年近くも経過したこの家では、この夫人に限らず、過去の住民によって様々な人間ドラマが幾度も繰り返されてきたはずだ。あらゆる時代の中で、様々な事象を見守って来たこの古い家には、時代と足並みを揃える必要性など一抹も無い、頑固で強烈な個性が封じ込まれている。新しい住民にとってそんな個性と折り合いをつけていくのは容易ではないが、それもまた自分の中に新しい想像力を発芽させる、大切なきっかけとなるのである。

これまで、世界の様々な土地で生きてくるうえで、私の中にはあらゆる経験によって幾つもの扉が設《しつら》えられてきた。その扉の向こう側には、生きることの意味を模索しながら、時には歓喜し、時には悲しみ、時には途方に暮れつつも、それでも日々を歩み続ける人々によって彩られた世界が、視界の果てまで広がっている。

ヤマザキマリ

1967年、東京都生まれ。漫画家、文筆家、東京造形大学客員教授。幼少期を北海道で過ごし、84年、17歳でイタリアに渡る。フィレンツェの国立アカデミア美術学院で油絵と美術史を専攻。2016年、芸術選奨文部科学大臣新人賞受賞。17年、イタリア共和国星勲章コメンダトーレ綬章。著書に『テルマエ・ロマエ』（第3回マンガ大賞・第14回手塚治虫文化賞短編賞受賞）、『ヴィオラ母さん』『スティーブ・ジョブズ』『プリニウス』（とり・みきとの共作）など多数。エジプト、シリア、ポルトガル、米国を経て現在はイタリアと日本に拠点を置く。

扉の向う側

2023年11月2日　第1刷発行
2023年12月12日　第2刷発行

著者　ヤマザキマリ
発行者　鉄尾周一
発行所　株式会社マガジンハウス
〒104-8003 東京都中央区銀座3-13-10
書籍編集部 ☎03(3545)7030
受注センター ☎049(275)1811

初出「ku:nel」2017年5月号～2021年9月号
2016年11月号（パドヴァの家）

印刷・製本　TOPPAN株式会社

ISBN978-4-8387-3253-1 C0095